Paul KAEPPELIN

—

Le Bassin Parisien

LIBRAIRIE A HATIER

LE BASSIN PARISIEN

ET

LES ENVIRONS DE PARIS

CARTES MURALES

DES

RÉGIONS NATURELLES

DE LA FRANCE

Adoptées par le Ministère de l'Instruction publique

Chaque Carte murale, double face en couleurs, sur carte forte bordée 1m20 x 1m, avec œillets de suspension.

Prix . . . . **10** francs

1° CARTES RÉGIONALES (Collection terminée)

N° 2. **Massif central** au 450.000°.
N° 3. **Pyrénées et Bassin d'Aquitaine** au 450.000°.
N° 4. **Région alpestre** au 320.000°.
N° 5. **Jura et Couloir Rhodanien** au 400.000°.
N° 6. **Midi méditerranéen et Corse** au 400.000°.
N° 7. **Région du Nord-Est** au 300.000°.
N° 8. **France du Nord** au 250.000°.
N°° 9 et 9 bis. **Bassin Parisien** en 2 planches au 450.000°.
N° 10. **Bretagne et Région des Bocages** au 570.000°.

* La Carte murale du Bassin Parisien mesure 2m x 1m20 ; elle est tirée sur papier toile spécial et montée sur gorge et rouleau.

Prix . . . . **20** francs.

2° CARTES GÉNÉRALES

N° 1. **France physique.** Même format que les précédentes.

Prix . . . . **6** fr. **50**

LE
BASSIN PARISIEN

ET

LES ENVIRONS DE PARIS

PAR

PAUL KAEPPELIN

Professeur agrégé d'Histoire et de Géographie,
Docteur ès lettres.

Notice géographique sur la carte murale du même auteur
avec nombreux plans et profils.

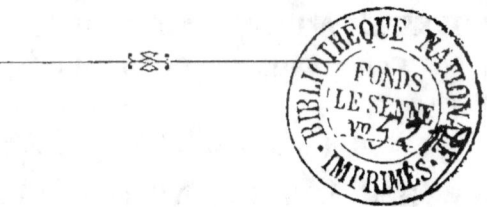

BASSIN PARISIEN

GÉOGRAPHIE PHYSIQUE

Définition. — Le Bassin Parisien est une région de grandes plaines, couvrant le quart de la France ; c'est la plus vaste de nos régions naturelles.

Son unité. — Le Bassin Parisien a une très forte unité ; elle est due :

1° A sa **Formation géologique**, car il est uniquement constitué de terrains sédimentaires qui se sont déposés assez régulièrement en bandes concentriques dans une vaste dépression, de forme à peu près circulaire et limitée par des massifs anciens (pour cet emboîtement des diverses auréoles géologiques, voir le *Profil schématique du Bassin Parisien*, en haut de la Carte murale) ;

2° A son **Relief**, car les pentes de ses plaines s'abaissent vers le centre, en sorte que son ensemble peut être comparé à une immense cuvette, très évasée ;

3° A son **Climat**, très tempéré en général, où dominent les influences maritimes ;

4° A la direction de ses **Cours d'eau**, qui convergent vers Paris (y compris la Loire jusqu'à Orléans).

Cette forte unité explique le rôle prépondérant que tient dans notre histoire cette partie de la France et son importance économique actuelle.

I. — FORMATION GÉOLOGIQUE

A la fin de l'ère primaire, le Bassin Parisien était une dépression marine entourée par les débris des montagnes hercyniennes (Massif Armoricain à l'ouest, Massif Central au sud, Vosges et Ardennes à l'est et au nord-est).

Par la suite, des terrains sédimentaires comblèrent cette dépression en plusieurs étapes :

1° **Ère secondaire.** — Le Bassin Parisien fut envahi deux fois par la mer pendant la période jurassique et deux fois pendant la période crétacée : dans les mers jurassiques se déposèrent d'abord les *marnes* du lias, puis les *calcaires* et les *argiles* du jurassique moyen et supérieur. — Émergé à la fin du jurassique, le Bassin Parisien fut de nouveau recouvert par les mers crétacées, où se déposèrent les *sables argileux* du crétacé inférieur, puis la *craie* ou les *sables* du crétacé supérieur.

2° **Ère tertiaire.** — De nouveau émergé, le Bassin Parisien ne fut plus envahi par les eaux que dans sa partie centrale ; celle-ci, sujette à des mouvements d'oscillation, d'ailleurs très faibles, fut tour à tour et à plusieurs reprises un golfe marin ou un lac d'eau douce ; de là l'extrême variété des terrains tertiaires : au tertiaire inférieur, cette région centrale était un lac d'eau douce où se déposa l'*argile plastique*, puis un golfe marin où se superposèrent les *sables inférieurs*, puis le *calcaire grossier* ; au tertiaire moyen, se déposèrent successivement dans plusieurs lacs d'eau douce, le *calcaire de Saint-Ouen*, le *calcaire de Brie* (meulière) et, après une dernière incursion marine qui apporta les *sables de Fontainebleau*, le *calcaire de Beauce* (voir sur la légende du carton *Environs de Paris*, la superposition des principaux terrains tertiaires du Bassin Parisien). — Au tertiaire supérieur, de grands courants fluviaux, issus du Massif Central, vinrent étaler dans la partie méridionale du Bassin Parisien (Sologne) des masses de débris, surtout granitiques (*cailloux* et *sables*), arrachées à ces montagnes anciennes.

3° **Mouvements du sol.** — C'est alors que se produisaient les plissements alpestres : leur contre-coup, très amorti, pro-

...na dans le Bassin Parisien : 1° un relèvement de la ré-
...n nord-est voisine de l'Ardenne ; 2° des ondulations du
...rientées vers le nord-ouest dans la région nord-ouest
... de Bray, Artois-Boulonnais) ; 3° enfin, à la suite de
...ondrement du continent hercynien Nord-Atlantique, un
...ssement de la région sud-ouest : de là le plongement
... le sud des diverses couches sédimentaires, comme on
...le remarquer sur le *Profil schématique de l'Île-de-France*.
... suite de cet affaissement, la mer envahit la région sud-
...t jusqu'en Touraine et y déposa des sables calcaires
...uilliers, appelés *faluns*; il en résulta aussi d'importantes
...fications du réseau hydrographique primitif, surtout
... la direction de la Loire et de l'Aisne.

Ère quaternaire. — Définitivement émergés, les ter-
...ns sédimentaires du Bassin Parisien furent, à la fin de
...re tertiaire et pendant l'ère quaternaire, vigoureuse-
...nt attaqués par les eaux courantes, non pas celles de
... fleuves actuels, mais celles de grands *courants dilu-*
...ns, incomparablement plus puissants (1).

...ette érosion affouilla surtout les terrains les moins

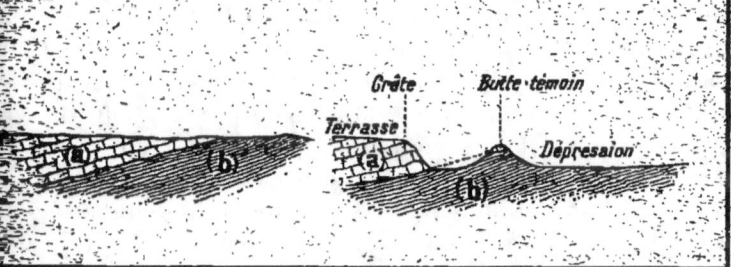

Formation d'une crête.

... (argiles, sables) et beaucoup moins les roches plus
...antes (comme les calcaires), qui restèrent en saillie.

... On peut avoir une faible idée de ces fleuves géants de l'ère qua-
...aire, qui correspondaient à un climat beaucoup plus humide que le
...e, par l'aspect que présentait la Seine aux environs de Paris lors
... crue extraordinaire de janvier 1910 : non seulement ces fleuves
...plissaient entièrement, comme alors la Seine, le fond des vallées
...elles, mais encore leur niveau s'élevait assez haut sur les flancs de
...llées.

Quand un terrain dur *a* se trouvait en contact d'un autre
plus tendre *b*, l'érosion entamant le second plus que le
premier, une crête se dessina sur la ligne de contact. Le
relief ainsi sculpté par l'érosion comprend plusieurs *terrasses* correspondant aux affleurements des terrains résistants et généralement terminés par des *crêtes* ou *côtes* qui
s'enlèvent au-dessus des *parties déprimées*. Et comme les
diverses bandes sédimentaires sont disposées, surtout à
l'est, en auréoles à peu près concentriques, il en résulte que
ces crêtes sont de même à peu près concentriques, leur
escarpe étant toujours tournée vers l'extérieur.

II. - RELIEF

Le Bassin Parisien a donc, dans le détail, un relief très
varié comprenant des plateaux, des collines, des vallées et
des plaines ; et pourtant dans son ensemble, il ne présente
que de très médiocres différences de niveau : la partie centrale, la plus basse, de la cuvette parisienne, à Paris même,
est à 26 mètres au-dessus du niveau de la mer ; de là, le sol
se relève dans toutes les directions, mais de peu : les plateaux du pourtour les plus élevés, ceux du sud-est, dépassent à peine et rarement 600 mètres, ceux de l'est et du
sud 400, ceux de l'ouest 300, ceux du nord 200. On voit
donc avec quelle restriction on peut accepter l'expression
de *cuvette parisienne* : elle est plus exacte pour le sous-sol,
composé en effet de cuvettes sédimentaires emboîtées les
unes dans les autres, que pour la surface même, qui, accidents de détails mis à part, n'a vraiment qu'un relief de
plaines.

Cependant la nature du sol et la variété du relief qui en
résulte permettent de distinguer quatre régions dans le
Bassin Parisien : celle de l'est, du sud, du centre, et du nord-
ouest.

1. RÉGION ORIENTALE. — La Région Orientale est
la plus élevée ; sauf en Champagne, elle dépasse partout
200 mètres. C'est celle où la disposition concentrique des

terrasses se relevant progressivement vers l'est jusqu'à leurs crêtes terminales est la plus nette, bien que ces crêtes soient parfois morcelées ou même interrompues. — On y distingue : le *Morvan* et les *dépressions voisines*, les *Plateaux de Bourgogne*, la *Champagne humide* et l'*Argonne*, la *Champagne pouilleuse*.

1° Morvan et Dépressions voisines. — Au sud-est du Bassin Parisien, le **Morvan**, extrémité nord du Massif Central, est un *petit plateau granitique* très usé, atteignant 902 mètres au *Bois du Roi* et dont les pentes couvertes de forêts descendent vers le nord; son relief est accidenté, non par ses sommets érodés et arrondis, mais par ses vallées profondément encaissées et pittoresques. Il est entouré de **Dépressions** où les terrains anciens disparaissent sous un mince placage de *marnes* du lias, c'est-à-dire de terrains argileux, compacts et imperméables qui constituent des petits pays humides et très différents du Morvan. Ce sont : à l'ouest, le **Bazois**, dont les collines marneuses laissent encore émerger le granite au petit massif de *Saint-Saulge* (404 m.) mais s'abaissent au *Seuil de la Collancelle* qui unit la vallée de l'Yonne à celle de l'Aron, affluent de la Loire ; — au nord, la **Terre Plaine** ou **Avallonnais**, pays tout

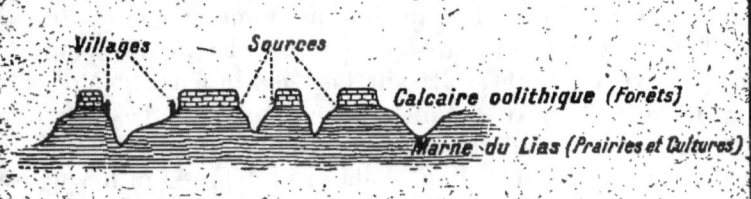

Villages   Sources   Calcaire oolithique (Forêts)
Marne du Lias (Prairies et Cultures)

Profil des vallées de l'Auxois.

marneux ; — à l'est, l'**Auxois**, où l'érosion a aussi découvert les marnes, qui tapissent le fond des vallées, mais laissé subsister, entre elles, de longues et étroites arêtes parallèles de calcaire oolithique, au profil régulier, lambeaux du plateau primitif ; par exemple le *Mont Auxois* (418 m.) aux pentes marneuses, au sommet calcaire, qui est l'emplacement de la célèbre forteresse gauloise d'Alésia. Ces vallées de l'Auxois, notamment celle de l'Armançon, forment passage naturel vers le Seuil de Dijon, unissant ainsi le Bassin Parisien au Couloir Rhodanien.

2° **Plateaux bourguignons**. — Les plateaux bourguignons sont le prolongement vers le sud-ouest de la grande auréole de *terrains jurassiques* qui commence en Lorraine et fait presque le tour du Bassin Parisien. Comme en Lorraine, le travail des eaux courantes y a laissé en saillie les calcaires les plus durs, de sorte qu'on y distingue deux bandes de plateaux : *Plateau de Langres-Côte d'Or* et *Côte Corallienne*, séparés par une dépression médiane : la *Vallée*.

a) **Plateau de Langres-Côte d'Or**. — Le premier plateau, formé de *calcaire oolithique* et continuant les Côtes de Moselle (1) est le **Plateau de Langres ou Montagne**, pays de sol pierreux, fendillé, perméable et sec, couvert de forêts et dominé de croupes chauves. Il forme un plan incliné, s'abaissant vers le nord-ouest, notamment dans les terrasses du *Châtillonnais ;* sa partie la plus haute est le rebord oriental, qui atteint 546 mètres au *Haut-du-Sec*, près de Langres, et 606 mètres au *Mont Tasselot*, plus au sud. — Il se continue, au-delà de la vallée de l'Ouche, par la **Côte d'Or**, où commence la façade calcaire plaquée sur le rebord oriental du Massif Central : elle domine Dijon au *Mont Afrique* (589 m.) et culmine au *Bois-Janson* (636 m.), le point le plus élevé de tout le Bassin Parisien, à part le Morvan.

Plateau de Langres et Côte d'Or se terminent à l'est par une crête, couronnée d'escarpements abrupts et ruiniformes de calcaires jaunes, dominant d'abord la dépression marneuse du Bassigny, aux sources de la Meuse, puis la Plaine de Bourgogne. Les rivières ont entamé ce rebord de plusieurs brèches, comme le *Seuil de Langres* aux sources de la Marne, celui de *Dijon* ou vallée de l'Ouche (400 m.) : ces passages, surtout celui de Dijon qui continue les vallées de l'Auxois, ont toujours été le lien naturel et historique du Bassin Parisien et du Couloir Rhodanien : aujourd'hui, le

(1) Voir Carte murale et Notice de la *Région du Nord-Est*.

chemin de fer en profite, comme jadis la voie romaine. Aussi, le Plateau de Langres a-t-il toujours été une zone stratégique, non seulement par la position défensive que forme sa façade orientale dressée au-dessus des plaines de la Saône et barrant en seconde ligne les routes venues de Belfort, mais surtout par les seuils qui mènent de cette plaine à celle de Champagne et à Paris, antiques routes d'invasion que gardent aujourd'hui des camps retranchés.

b) **Vallée.** — Les pentes du Plateau conduisent à une dépression orientée du nord-est au sud-ouest, où reparaissent les *argiles* de la Woëvre lorraine (oxfordien) : c'est la **Vallée**, qui se poursuit depuis Neufchâteau (sur la Meuse) jusqu'à Nuits-sous-Ravières (sur l'Armançon). Bien que coupée transversalement par les rivières, cette Vallée se distingue nettement de la Montagne : comme autrefois les voies romaines, les routes et le chemin de fer ont pu s'y établir facilement vers le nord-est (ligne stratégique de Nuits-sous-Ravières à Chaumont et à Neufchâteau, vers Toul).

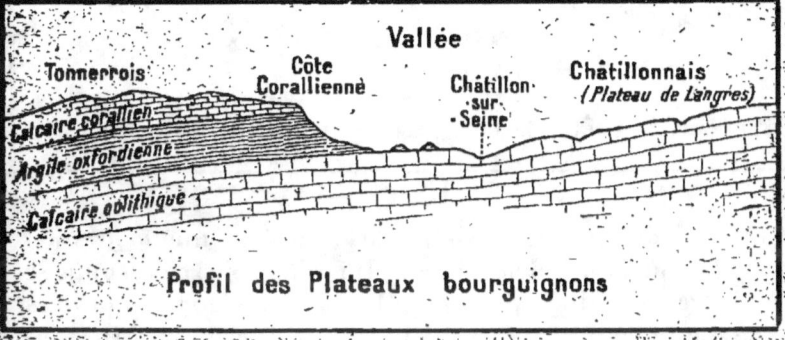

Profil des Plateaux bourguignons

c) **Plateaux coralliens.** — Cette dépression argileuse est dominée au nord-ouest, comme la Woëvre par les Côtes de Meuse, par le prolongement de celles-ci, ou **Côte Corallienne**, du nom du *calcaire blanc* qui la constitue, et qui se dresse en escarpement raide, trouée de grottes et couronnée de bois ; haute de 400 mètres à l'ouest de Neufchâteau, cette côte, qui domine la Vallée d'au moins 100 mètres, n'atteint ailleurs que rarement 400 mètres. De la crête, le plateau calcaire s'abaisse vers le nord-ouest, morcelé par les

rivières qui, au sortir de la Vallée, s'y encaissent profondément en couloirs étroits, aux rebords abrupts souvent
entamés de grottes, comme celles d'Arcy-sur-Cure. Ces plateaux, jonchés de cailloux blancs, secs et boisés, sont ceux
du *Barrois*, entamé par le Seuil de l'Ornain menant à la
Meuse, de la *Forêt de Clairvaux*, du *Tonnerrois* et de l'*Auxerrois*.

3° **Champagne humide et Argonne**. — La Champagne humide est constituée par l'auréole du crétacé inférieur, qui s'allonge en forme de croissant depuis la Loire
jusqu'à l'Ardenne, avec une largeur moyenne de 20 kilomètres ; ses *argiles* et ses *sables argileux*, peu résistants,

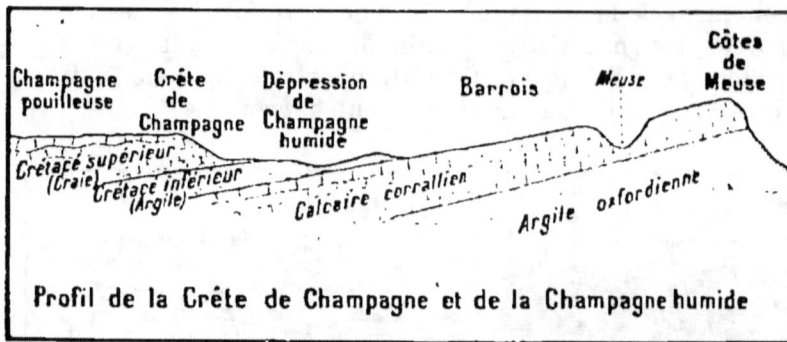

Profil de la Crête de Champagne et de la Champagne humide

ont été entamés par l'érosion ; elle forme donc une *dépression
ondulée* où descendent et se réunissent les rivières qui se
sont dégagées du plateau corallien par des gorges appelées
bars. Cette dépression, argileuse et imperméable, est très humide et semée d'étangs ; de là son nom. — On y distingue :
au sud-ouest la *Puisaye*, bande étroite, sableuse et boisée
qui s'allonge de la Loire à l'Yonne, puis la **Champagne
humide** proprement dite, pays de prés et de bois, qui
s'élargit dans le *Vallage*, encore plus boisé (forêts du Der),
et dans le *Perthois*, où les argiles sont recouvertes d'alluvions
fertiles. — Plus au nord la Champagne humide, au lieu
de former dépression, forme *relief* : c'est que l'argile, mé-
langé de silice, y constitue un grès gris, compact et résistant, qui se dresse en hauteurs boisées, c'est l'**Argonne**,

atteignant rarement 300 mètres, surtout très caractérisée entre les vallées de l'Aisne et de l'Aire ; elle se termine à l'est par un talus dominant les terrasses calcaires du Barrois et du pays meusien et s'y continuant par quelques buttes, témoins de son ancienne extension, comme la butte de *Montfaucon*, point culminant de l'Argonne (342 mètres).

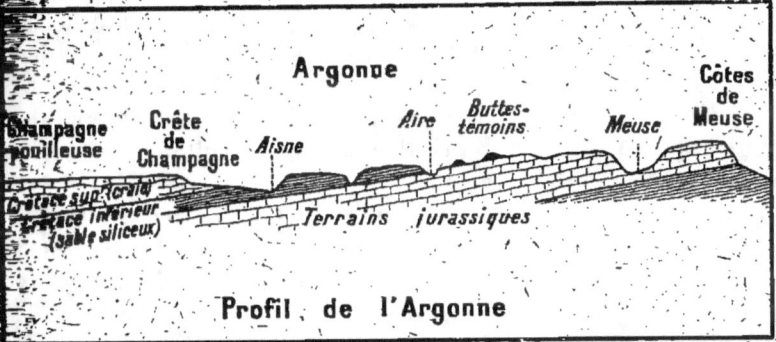

Profil de l'Argonne

Cette sorte de rempart argileux et forestier, seulement traversé par quelques brèches ou défilés dont les principaux sont ceux des *Islettes* au sud et du *Chêne-Populeux* au nord, a toujours été un obstacle naturel, de grande importance historique, entre la plate-forme meusienne, extrémité de la Lorraine, et la plaine de Champagne, vestibule de l'Île-de-France. — Au delà de l'Aisne, la Champagne humide reparaît et se termine dans le *Porcien*, pays de sables argileux et imperméables, tout en prairies et en oseraies.

4° **Champagne pouilleuse**. — La Champagne pouilleuse est formée par la craie du crétacé supérieur ; cette craie, assez peu résistante, ne dessine, au contact des argiles de la Champagne humide, qu'une côte très effacée : elle n'est vraiment nette qu'en deux endroits : au nord, dans les croupes crayeuses, dépassant rarement 200 mètres, qui dominent la rive gauche de l'Aisne, notamment à Valmy ; au sud, entre Seine et Yonne sur le front du bastion qu'est la Forêt d'Othe. — Au delà de cette *Crête de Champagne*, s'étend, depuis l'Yonne jusqu'à la Somme et sur une largeur moyenne de 60 kilomètres, la **Champagne pouilleuse**.

grande plaine de craie, caillouteuse et blanchâtre, toute
plate et monotone, que les rivières traversent presque sans
vallées (altitude moyenne : 100 m.) ; de sol très perméable,
c'est un pays très sec et dénudé, comme l'exprime son nom.
— Mais à ses deux extrémités, en *Thiérache* au nord, dans
la *Forêt d'Othe* et le *Sénonais* au sud, la craie est partiellement couverte de débris argileux d'âge tertiaire respectés
par l'érosion ; aussi sont-ce des pays de collines accidentées
et verdoyantes, qui atteignent près de 300 mètres dans la
Forêt d'Othe.

Cette grande plaine champenoise s'abaisse insensiblement
vers l'ouest jusqu'à la rencontre d'une nouvelle et dernière
crête, celle de l'Ile-de-France.

En résumé, dans cette Région Orientale du Bassin Parisien, on peut distinguer, entre les différents plateaux, cinq
crêtes ou fragments de crêtes : la première est celle du *Plateau de Langres* et de la *Côte d'Or* Côtes de Moselle), la
deuxième la *Côte Corallienne* (Côte de Meuse), la troisième
l'*Argonne*, la quatrième la *Crête de Champagne*, la
cinquième celle de l'*Ile-de-France*.

II. RÉGION MÉRIDIONALE.

— La Région Méridionale
du Bassin Parisien, appuyée au Massif Central, s'abaisse
vers l'Ile-de-France. Moins élevée que la précédente, elle
n'atteint que rarement 400 mètres : on y retrouve la disposition générale en terrasses limitées par des crêtes tour-
nées vers l'extérieur, ici vers le sud, mais beaucoup moins
nettement qu'à l'est. C'est la conséquence de l'affaissement,
survenu à la fin de l'ère tertiaire, de cette région marginale
du Bassin Parisien, puis du travail d'érosion, très intense,
qu'y accomplirent les grands courants diluviens du Massif
Central, enfin de l'accumulation des masses de déblais qu'ils
y étalèrent à la surface du sol. Aussi est-ce une région de
grandes plaines : les **Plaines de la Loire**. — On y distingue
de nombreux pays dont le groupement a constitué les provinces historiques du *Nivernais*, du *Berri*, du *Poitou*, de
l'*Orléanais* et de la *Touraine*.

1° Nivernais. — Le Nivernais, séparé du Morvan par la

dépression du *Bazois*, présente, à la suite de dislocations du sol, un *relief très varié* de collines, généralement orientées du nord au sud et atteignant 400 et même 450 mètres ; les unes sont des affleurements granitiques, comme le massif de Saint-Saulge, d'autres des plates-formes sèches de calcaires oolithiques, d'autres sont couronnées de sables tertiaires apportés du Massif Central et couverts de forêts ; entre ces collines, les vallées sont marneuses, comme dans le Bazois (marnes du lias).

2° **Berri**. — La grande auréole jurassique, si fractionnée dans le Nivernais, reparaît plus régulière dans le Berri. — On y distingue :

a) Le **Val** et le **Boischaut**. — Le Val de Berri est une *dépression marneuse* continuant la bande du lias en bordure des terrains anciens du Massif Central, dépression jalonnée par le cours de l'Aubois et le canal du Berri entre la Loire et le Cher. — Elle se poursuit à l'ouest, jusqu'à la Creuse, par le **Boischaut** où les marnes et les calcaires oolithiques sont en grande partie recouverts de *sables* et de *cailloux tertiaires* ; aussi est-ce un pays boisé, un bocage, sens même du mot latin d'où vient celui de Boischaut.

b) La **Champagne berrichonne**. — Cette dépression du Val de Berri est limitée au nord par une crête assez médiocre et fractionnée, surtout nette à l'est, dépassant 300 mètres] près de Saint-Amand-Montrond et bordant l'auréole du calcaire oolithique. Au delà, s'étendent de *grandes plaines* nues, monotones et rocailleuses, très perméables et arides, c'est la **Champagne berrichonne**, la partie essentielle du Berri (1) ; par endroits le sol calcaire est recouvert de limons fertiles ; entre Indre et Creuse, il disparaît sous des sables et argiles tertiaires imperméables comme celles de Sologne ; ce nouveau pays est la **Brenne**, dont les collines boisées, l'humidité et les nombreux étangs contrastent avec les grandes plaines sèches de la Champagne berrichonne.

(1) Nous retrouverons plusieurs fois en France, surtout dans le Bassin Parisien, ce nom de *Champagne*, employé d'une manière générale pour désigner des plaines très perméables et sèches, comparables à la véritable Champagne.

2° **Le Sancerrois.** — L'auréole crétacée, surtout formée d'argile à silex et de sable, prolonge la Puisaye sur la rive gauche de la Loire ; relevée par le contre-coup des mouvements tertiaires du Massif Central, elle dessine un talus qui fait face au sud et domine la Champagne berrichonne ; ce sont les *collines* mamelonnées et accidentées du San-

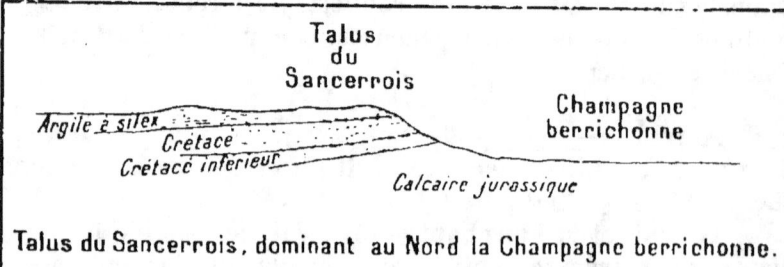

Talus du Sancerrois, dominant au Nord la Champagne berrichonne.

cerrois, qui atteignent 434 mètres, altitude exceptionnelle dans ces grandes plaines de la Loire ; elles se poursuivent plus effacées sur la rive gauche du Cher jusqu'à la Creuse.

3° **Poitou.** — Le Poitou termine au sud l'auréole jurassique qui se prolonge jusqu'aux granites de la Gâtine vendéenne. Ce **Haut-Poitou** se compose de *grands plateaux de calcaire oolithique*, souvent recouverts de sables et d'argiles tertiaires qui forment des landes de genêts et de bruyères appelées *brandes* ; ces plateaux ont été découpés en plusieurs tables, orientées du nord au sud, par les profondes vallées qu'y ont creusées les rivières, parfois jusqu'aux marnes du lias. — Au nord, la côte crétacée reparaît dans une petite crête tournée vers le sud, alignée de Châtellerault à Saumur et élevée de 160 mètres près de Mirebeau. — Au sud, la grande plaine calcaire n'est accidentée que de quelques lignes de hauteurs, orientées du nord-ouest au sud-est et résultant de dislocations du sol ; la plus nette est le talus de Montalembert à Saint-Maixent, élevé de 190 mètres, en pente raide vers le nord-est, descendant insensiblement vers le sud-ouest ; ces pentes douces de plateaux découverts, largement intercalées entre les granites du Limousin et ceux de la Vendée, constituent, au

sud-ouest du Bassin Parisien comme les Seuils de Bourgogne au sud-est, un vestibule vers le Midi, mais plus bas
et plus spacieux : c'est le *Seuil du Poitou*, qui reste inférieur à 150 mètres du Clain à la Charente, le grand passage
historique et économique entre le Bassin Parisien et
celui d'Aquitaine.

4° **Orléanais**. — Au delà des collines du Sancerrois les
terrains crétacés sont généralement recouverts de dépôts
tertiaires qui forment transition vers la Région Centrale du
Bassin Parisien.

L'Orléanais réunit plusieurs pays :

a) **Sologne**. — La Sologne est une *haute plaine* où le
sol calcaire a été complètement enfoui sous les *cailloux* et
les *sables granitiques* ou *argileux* charriés par les torrents
diluviens du Massif Central. Le niveau y descend insensiblement du sud au nord, de 300 mètres jusqu'à 90 devant
Orléans ; de sol imperméable et presque dépourvu de
pente, c'est un pays très humide, criblé d'étangs.

b) **Forêt d'Orléans**. — La Forêt d'Orléans, qui se relève
à 175 mètres et se prolonge à l'ouest par la forêt de Marchenoir, est la continuation vers le nord des hautes plaines
de Sologne ; ce sont les mêmes sables argileux et les mêmes
étangs, de même origine.

c) **Val de Loire**. — Au milieu de ces hautes plaines forestières le Val de Loire décrit un *grand sillon incurvé*,
large au maximum de 7 kilomètres, creusé dans la craie
du sous-sol qui affleure sur ses flancs, alors que le fond
est comblé de fertiles alluvions fluviales.

5° **Touraine**. — La Touraine est un pays de contraste
entre ses *grands plateaux*, secs et allongés, et ses *larges
vallées*. — Les plateaux, de soubassement crayeux, sont recouverts d'argiles à silex et parfois de faluns, sables calcaires étalés par la dernière invasion marine à la fin de
l'ère tertiaire ; ce sont des pays de forêts ou de landes, dont
les noms expriment souvent l'infertilité : *Champeigne de
Touraine*, bande étroite entre Cher et Indre ; *plateau de
Sainte-Maure*, entre Indre et Vienne ; *Gâtine de Touraine*,
au nord de la Loire. — Au contraire les spacieuses vallées

qui séparent ces plateaux, creusées dans la craie blanche qui n'apparaît que sur leurs flancs abrupts et tapissées d'alluvions, sont fertiles, fraîches et riantes.

III. RÉGION CENTRALE. — La Région Centrale du Bassin Parisien ou **Ile-de-France** est une *plate-forme de dépôts tertiaires*, où se superposent, avons-nous dit, des terrains très variés : à la suite de l'affaissement de la région sud-ouest du Bassin Parisien, ces couches sédimentaires furent inclinées vers le sud tandis que la partie septentrionale restait la plus élevée : aussi cette dernière région, soumise à l'érosion la plus intense, fut affouillée jusqu'aux étages tertiaires inférieurs ; plus au sud, les couches qui les recouvraient furent entamées en biseau. En sorte que, si l'on traverse du sud-ouest au nord-est cette Région Centrale du Bassin Parisien, on rencontre successivement plusieurs pays où les terrains sont de plus en plus anciens en même temps qu'ils sont de nature très différente : de là l'extrême variété de l'Ile-de-France ; le plateau primitif, demeuré au sud assez compact, a été découpé plus au nord par de nombreuses vallées, la plupart orientées d'est en ouest, et enfin, tout à fait au nord, il a été morcelé en collines. — Son relief présente donc d'abord des hautes plaines, continuant celles de la Loire ; puis, au delà de la région d'intense érosion où est Paris et où le niveau tombe à 26 mètres, il se relève jusqu'au rebord oriental, la plus haute partie de l'Ile-de-France. — Parmi les nombreux pays, que distinguent ainsi la nature du sol et le relief, les principaux sont la *Beauce*, le *Hurepoix*, le *Gâtinais*, la *Brie*, le *Valois*, le *Soissonnais*. (Pour comprendre facilement leur disposition successive du sud-ouest au nord-est, due à la coupure en biseau pratiquée par l'érosion dans des couches sédimentaires plongeant vers le sud, voir le *Profil schématique de l'Ile-de-France*, d'Orléans à Corbeil et à la Fère auquel on pourra aussi se reporter à propos de chacun des paragraphes suivants.)

1° Beauce. — Au nord de la forêt d'Orléans, au delà de la zone d'extension des sables et argiles de Sologne, s'étend la **Beauce**, *grand plateau calcaire* très uniforme et monotone, dont la surface, presque horizontale, ne varie guère qu'entre 125 et 150 mètres et par des ondulations presque insensibles. — Le calcaire blanchâtre de Beauce est généralement recouvert d'une mince couche de *limon*, mais il est fissuré et très perméable ainsi que les sables très fins, dits de Fontainebleau, qu'il surmonte ; aussi la Beauce est-elle, en même temps qu'un pays très plat, un pays très sec, aux puits rares et profonds.

2° Hurepoix. — Vers le nord, c'est-à-dire vers Paris, la Beauce se poursuit et se termine par le **Hurepoix**, où le plateau, du même calcaire souvent transformé en meulière, n'est plus continu, mais découpé en blocs allongés d'ouest en est par de nombreux *vallons ramifiés ;* sur leurs flancs apparaissent les sables de Fontainebleau qui se couvrent de bois, et dans leur fond, les marnes humides (1). Le contraste entre ces plateaux monotones et ces vallées gracieuses et verdoyantes, qui manquent totalement en Beauce, fait le charme du Hurepoix, un des pays les plus pittoresques des environs de Paris.

3° Gâtinais. — Le Gâtinais est un pays *plus varié* que la Beauce : à l'est de l'Essonne, le même calcaire se retrouve mais dépourvu de limon ou recouvert d'argile de Sologne, c'est le **Gâtinais occidental** ou **Orléanais**, autrefois pays d'étangs ou de forêts. — Plus à l'est encore, entre le Loing et l'Yonne, l'argile plastique a été découverte par l'érosion, aussi les étangs et les ruisseaux sont nombreux et les forêts encore étendues : c'est le **Gâtinais oriental** ou **français** (c'est-à-dire de l'Ile-de-France), dont les terrains se poursuivent, avons-nous déjà dit, au delà de l'Yonne mais très morcelés, dans la *forêt d'Othe* et le *Sénonais.* Par endroits, les sables ou les grès qui surmontent l'argile plastique donnent au Gâtinais un aspect assez varié et pittoresque, surtout au nord, dans la *forêt de Fontainebleau :* là les grès ont été découpés par l'érosion en longs sillons aux pentes abruptes et couvertes de blocs arrondis, comme les gorges d'Apremont et de Franchart.

(1) Voir le Profil des Vallées du Hurepoix, p. 107.

4° Brie. — Entre la Seine, la Marne et la plaine champenoise, la Brie est un *grand plateau de relief uniforme*, montant en pente très douce de 100 mètres à l'ouest jusqu'à 200 et plus sur son rebord oriental, et constitué de calcaire marneux transformé par le ruissellement en *meulière*, roche siliceuse, caverneuse et rougeâtre; ce plateau briard est encore compact, moins continu cependant que celui de Beauce et entamé par quelques vallées très sinueuses, dirigées d'est en ouest; la nature argileuse de la meulière et les marnes vertes du sous-sol rendent le pays peu perméable et par conséquent assez humide et verdoyant, autre contraste avec la Beauce. — On y distingue deux parties, que sépare la vallée du Grand-Morin : au sud, c'est la **Brie française**, couverte d'un épais manteau de *limon*; entre Grand-Morin et Marne c'est la **Brie pouilleuse** ou **champenoise**, plus élevée, où la meulière argileuse a été presque dépouillée de son limon; aussi est-ce un pays pauvre, d'étangs et de grandes forêts.

5° Valois. — Au nord de la Marne jusqu'à l'Oise et à l'Aisne, le **Valois** et son prolongement oriental le **Tardenois** sont de grands *plateaux* constitués par la masse puissante et régulière du *calcaire grossier*, très résistant et

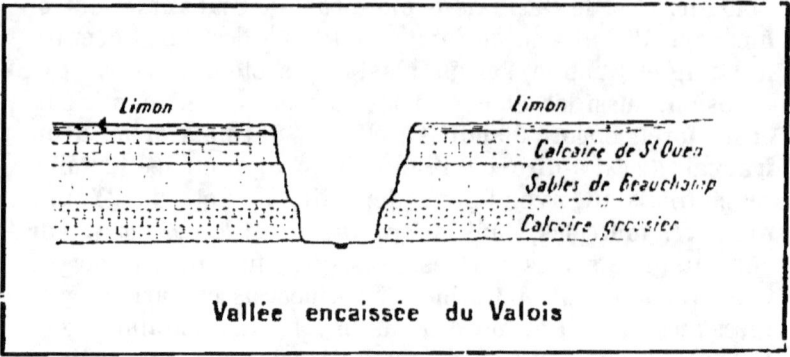

Vallée encaissée du Valois

perméable; les rivières n'y ont entaillé que d'étroits couloirs, aux flancs abrupts. Ce calcaire est généralement couvert de *limon*; par place, l'érosion a laissé subsister de l'ancien placage superficiel des sables de Fontainebleau, de longues *arêtes sableuses* qui forment des alignements de collines boisées, comme la *forêt de Villers-Cotterets*, véritable limite septentrionale du Valois et celles qui s'alignent de *Dammartin* à *Luzarches*, sa limite méridionale au nord de la plaine de France ; au sud-ouest on retrouve encore ces barres sablonneuses et boisées dans la *forêt de Montmorency*, terminées par les buttes qui dominent la plaine alluviale de Saint-Denis. — Au delà de l'Oise, le plateau de calcaire grossier du Valois se continue par celui du **Vexin français**, de surface limoneuse et assez variée, qui se relève d'est en ouest, de 100 mètres environ près de Pontoise jusqu'à un escarpement longé par l'Epte (212 mètres) au-dessus de la plaine crayeuse du Vexin normand. — Plus au nord, on retrouve le même plateau de calcaire, grossier dans le **Beauvaisis**, découpé par les vallées du Thérain et de la Bresche en langues allongées aux rebords souvent abrupts.

6° **Soissonnais**. — Dans cette partie septentrionale de l'Ile-de-France, demeurée la plus élevée, l'érosion a été assez puissante pour supprimer en grande partie le calcaire grossier, qui n'apparaît plus que par lambeaux, et pour mettre à jour l'argile plastique. En sorte que, dans le Sois-

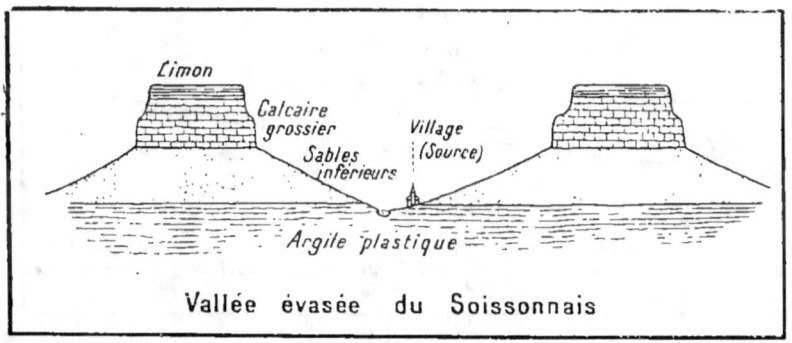

Vallée évasée du Soissonnais

sonnais, le plateau continu primitif, très morcelé, est devenu un *pays de collines et de vallées*, au relief très varié ; les collines gardent à leur sommet leur couronnement calcaire, tandis que les larges vallées sont creusées

dans les *sables inférieurs* mélangés d'argile qui forment
leurs flancs, en pentes douces et couvertes de végétation,
et dans l'*argile plastique* qui constitue le fond, très humide
et parfois tourbeux ; ces amples vallées du Soissonnais
contrastent donc nettement avec les couloirs tracés par les
rivières dans le Valois. — Plus au nord, dans le **Noyonnais** et le **Laonnais**, simples annexes du Soissonnais,
l'effort de l'érosion a été encore plus intense, et il n'est
resté de l'ancien plateau que des débris, semés en buttes
isolées entre les vallées (1).

7° **Crête de l'Ile-de-France.** — Quelques-uns des
étages tertiaires de cette Région Centrale du Bassin Parisien, notamment le calcaire grossier et la meulière de Brie,
sont plus résistants que la craie de la grande auréole crétacée environnante; aussi leur ligne de contact, suivant
la règle générale, a été mise en relief par les eaux courantes: c'est la **Crête de l'Ile-de-France**, assez variée de
forme et d'aspect suivant la nature du terrain qui en forme
le couronnement.

Nous l'avons déjà rencontrée à l'ouest, dans le *talus du
Vexin français* dominant la vallée de l'Epte et dans celui

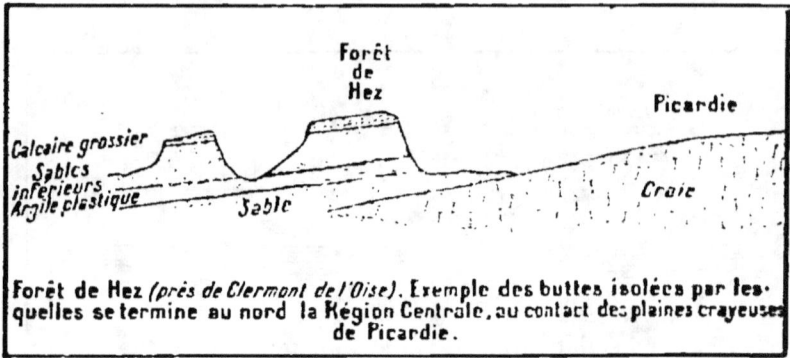

Forêt de Hez *(près de Clermont de l'Oise)*. Exemple des buttes isolées par lesquelles se termine au nord la Région Centrale, au contact des plaines crayeuses
de Picardie.

du Beauvaisis. — Au nord, région d'intense érosion, la
crête a été très entamée et, au contact des plaines picardes
crayeuses et découvertes, Noyonnais et Laonnais se ter-

(1) Voir la figure ci-dessus.

minent par un semis d'*îlots découpés* qui s'en distinguent autant par leur végétation forestière que par le rebord, très morcelé, qu'ils dessinent : ainsi le Massif ou *Forêt de Saint-Gobain* (220 m.), la butte de *Laon* (188 m.) qui domine directement d'une centaine de mètres la campagne crayeuse.

Mais plus au sud, le Soissonnais et le Tardenois finissent, au-dessus des grandes plaines de Champagne, par un escarpement plus continu, bien qu'interrompu par plusieurs vallées ; c'est, au nord de l'Aisne, le *plateau de Craonne*, puis, entre l'Aisne et la Marne, les deux éperons du Tardenois, prolongés dans la plaine crayeuse par des buttes isolées, témoins de l'ancienne extension vers l'est de ce plateau tertiaire, le *Mont de Bérru* et surtout la *Montagne de Reims* (280 m.), point culminant de la Crête de l'Ile-de-France.

Au sud de la Marne et jusqu'à la Seine, c'est la *Brie* qui forme le talus, à base crayeuse, à couronnement calcaire, que longe la Seine de Romilly à Moret : cette crête, continue sauf quelques brèches pratiquées par les affluents de gauche de la Marne, atteint 243 mètres près de Vertus, domine de plus de 100 mètres la plaine crayeuse de Champagne et s'y prolonge par quelques buttes-témoins, comme près de la Fère-Champenoise.

C'est la saillie, très nette à l'est, de cette crête forestière dessinant une grande courbe depuis l'Oise (la Fère) jusqu'à la Seine (Montereau), qui donne à cette Région Centrale du Bassin Parisien un aspect d'île aux rebords escarpés et l'isole réellement au milieu des grandes plaines crayeuses ; d'où le nom d'**Ile-de-France** étendu à tout le domaine primitif des Capétiens et conservé à cette région vitale du Royaume.

IV. RÉGION NORD-OCCIDENTALE. — La Région Septentrionale et Occidentale du Bassin Parisien est un *grand plateau*, surtout *crayeux*, qui continue l'auréole crétacée de Champagne : tout à fait à l'ouest, en bordure des terrains anciens du Massif Armoricain, reparaît aussi l'auréole jurassique, mais très rétrécie et sans cette alternance de terrasses et de crêtes si remarquable dans la Région Orientale.

Partout ailleurs, c'est la craie qui domine, souvent transformée par les eaux courantes en argile à silex et partiellement recouverte par les lambeaux du revêtement tertiaire
primitif, détruit par l'érosion. — Atteint par le contre-coup
des plissements alpins, ce plateau crayeux s'ondula en
bombements, allongés du sud-est au nord-ouest (Artois-
Boulonnais, Pays de Bray), entre lesquels se logèrent les
vallées des grands fleuves (Somme, Seine) : de là, la disposition du relief en hautes plaines, souvent plus élevées
que celles de la Région Centrale et séparées les unes
des autres par de larges vallées : ce sont la *Picardie*,
puis au delà du *Pays de Bray*, la *Haute-Normandie*, la
Basse-Normandie, enfin la partie orientale du *Maine* et
de l'*Anjou*.

1° **Picardie**. — La limite septentrionale du Bassin Parisien peut être placée sur le bombement de l'**Artois**, grand
plateau crayeux orienté vers le nord-ouest, et sur son
extrémité, le **Boulonnais**, où, par suite de l'altitude primitive, l'érosion a déblayé la craie jusqu'aux terrains secondaires (1). Au sud du plateau d'Artois jusqu'au rebord
de l'Ile-de-France et au Pays de Bray s'étend la *grande
plaine* de **Picardie** : la *craie blanche* qui la constitue,
peu résistante, forme un relief non pas précisément
plat comme celui des calcaires durs, mais ondulé en
croupes larges et molles : les seuls accidents de ces
hautes plaines sont de nombreux *vallons*, souvent dépourvus de ruisseaux à cause de la perméabilité de la craie,
— les innombrables *rideaux*, ressauts brusques hauts de 1 à
6 mètres, parfois de 10 et 15, qui interrompent en escalier
les pentes douces et qui sont dus soit à un labourage
séculaire qui a rejeté la terre de ces pentes à la bordure
inférieure de chaque champ, soit, pour les plus élevés, à
des cassures de la craie produites par les mouvements du
sol, — enfin quelques rares *vallées rectilignes* orientées,
comme le relief, vers le nord-ouest, avec des versants
réguliers et arrondis, des fonds alluviaux et tourbeux. —

(1) Pour l'Artois et le Boulonnais, voir la Notice de la Carte murale
Plaine du Nord.

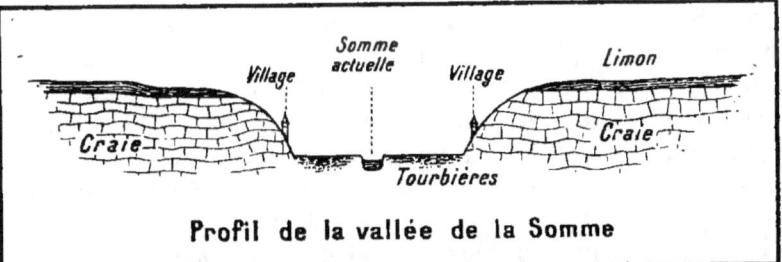

Profil de la vallée de la Somme

Presque partout la craie du plateau, blanche et stérile, est recouverte d'un *limon* qui donne à la Picardie une fertilité inconnue sur la craie de Champagne ; c'est l'épaisseur, variant de 4 à 12 mètres, et la valeur agricole de ce limon, qui permettent de distinguer en Picardie, malgré la très forte unité de ses caractères physiques, plusieurs pays : le *Vermandois*, plateau relativement accidenté qui s'élève à 156 mètres près des sources de l'Escaut et de la Somme, non loin du cours de l'Oise et de la Sambre ; aussi ses plaines limoneuses ont toujours été une zone naturelle de passage entre le Bassin Parisien, la Flandre et la vallée de la Meuse : c'est le *Seuil du Vermandois* ; — le *Santerre*, plaine très uniforme au sud de la Somme et régulièrement recouverte d'une épaisse couche de limon ; dans sa partie méridionale, apparaissent de nombreux lambeaux d'argile ou de sables tertiaires dont les forêts contrastent nettement avec les grandes plaines découvertes environnantes ; — à l'ouest, le *Ponthieu* et le *Vimeu*, où la craie est surmontée d'argile à silex rouge et imperméable, couverte elle-même de limon ; aussi ces plaines fertiles prennent-elles un aspect très verdoyant, encore accentué par le climat, plus humide au voisinage de la mer.

2° Pays de Bray. — La Picardie est limitée au sud-ouest par le Pays de Bray : à la suite d'un plissement tertiaire qui releva la craie en un alignement dirigé vers le nord-ouest, l'érosion en attaqua vigoureusement la partie la plus haute et trancha la couverture crayeuse jusqu'aux terrains crétacés et même jurassiques du sous-sol. En sorte que le **Pays de Bray** est une *dépression*, longue d'environ 60 kilomètres et large de 10, encadrée par deux talus de craie qui la dominent de 60 à 80 mètres et qui terminent, l'un la plaine picarde, l'autre le Pays de Caux : au pied de ces crêtes, les pentes sont d'argile et de sable du crétacé inférieur, la partie centrale de marne et de calcaire jurassiques formant un relief varié et confus de collines et de vallons ; le sol, surtout *marneux*, est imperméable, humide et verdoyant, tout en pâturages et en bois qui contrastent avec les grandes plaines de cultures avoisinantes (voir, sur la Carte murale, le *Profil schématique du Pays de Bray*, direction sud-ouest-nord-est, par Gournay).

3° **Haute-Normandie**. — Comme la Picardie, la Haute-Normandie est formée, entre la dépression du Pays de Bray et celle de la Campagne de Caen, par un *grand plateau de craie*, mais où l'argile à silex prend à la surface une grande importance. La dépression, orientée vers le nord-ouest, où coule la basse Seine, partage la Haute-Normandie en deux parties :

a) **Pays de Caux**. — Au nord de la Seine, le Pays de Caux est un *plateau triangulaire*, de relief assez monotone, aux larges ondulations comprises entre 100 et 200 mètres ; il tombe sur presque tout son pourtour par des *falaises* qui dominent la fosse du Pays de Bray, la mer et la vallée de la Seine. L'uniformité de ce plateau est due à son soubassement compact de *craie* recouvert d'une couche épaisse d'*argile à silex*, elle-même surmontée partout de *limon* ; de là l'imperméabilité du sol, semé de nombreuses mares, et son extrême fertilité. La plaine n'est pas découverte comme en Picardie parce que, pour défendre contre la violence du vent marin les fermes et les champs, les paysans les entourent de remparts de limon appelés *fossés*, hauts d'environ 2 mètres, et plantés d'arbres qui donnent à la campagne un aspect verdoyant. — Le Pays de Caux se prolonge au sud-est jusqu'au rebord calcaire du Vexin français, par le **Vexin normand**, entre l'Andelle, la Seine et l'Epte, plaine de même nature crayeuse et de mêmes formations superficielles ; l'approche de la région tertiaire centrale s'y annonce par des lambeaux de sables argileux portant des forêts, comme les

grandes hêtraies de Lyons. — A l'est, la plaine crayeuse
s'avance en coin dans le plateau tertiaire, entre le Beauvaisis et le Vexin français, jusqu'au delà de l'Oise (Chantilly), c'est le **Pays de Thelle**, prolongement atténué du
plissement du Pays de Bray ; la craie, moins relevée
n'a pas été tranchée par l'érosion et forme une plaine
découverte et bombée qui se termine en pente raide sur
la vallée du Thérain au nord, mais descend doucement
vers le sud jusqu'à la rencontre de la crête du Vexin français.

_b)_ **Pays au sud de la Seine.** — Au sud de la Seine, le
plateau crayeux de Haute-Normandie a été _morcelé_ par les
vallées de l'Eure et de ses affluents, Avre et Iton, de la
Risle, de la Touques. On distingue ainsi : le **Roumois**,
entre Seine et Risle, où la craie est couverte _d'alluvions_
favorables aux cultures, sauf au nord, près de la Seine, où
s'étend la forêt de Brotonne ; — la **Campagne du Neubourg**, entre Risle et Iton, où la craie, surmontée _d'argile
à silex limoneuse_, forme de grandes plaines horizontales de
140 à 160 mètres d'altitude, unies et découvertes ; — plus
au sud elle est revêtue non seulement d'argile à silex mais
d'argile plastique et de _sables tertiaires_ : aussi dans la **plaine
de Saint-André**, entre Eure et Iton, et dans le **pays d'Ouche**,
à l'ouest de l'Iton, le sol, dont le relief s'accentue doucement vers le sud, se prête moins à la culture qu'à la végétation forestière qui le couvrait entièrement jadis (_forêt de
Conches_) ; ces caractères s'accentuent encore dans le **Thimerais**, entre Avre et Eure, avec les grandes _forêts de Se-
nonches_ et de _Châteauneuf_ ; ces plateaux boisés et élevés
(268 mètres dans le Thimerais) font transition de la Haute-
Normandie au Perche. — A l'ouest de la Risle, le plateau
crayeux se prolonge avec sa couverture de limon dans le
Lieuvin, grande _plaine de cultures_ où les cours d'eau ont
entamé la craie jusqu'aux marnes jurassiques (oxfordiennes);
aussi les vallées sont-elles humides et verdoyantes ; — de
même et plus encore dans le **Pays d'Auge**, où le plateau
crayeux, toujours surmonté de limon et de cultures, n'apparaît plus qu'en bandes, allongées du sud au nord entre
les _vallées_ larges et profondes creusées par les rivières
dans les marnes jurassiques et dont la plus célèbre est la

grasse vallée de la Touques (1) ; le Pays d'Auge se termine à l'ouest par l'escarpement verdoyant que longe la Dives et qui domine la Campagne de Caen pour ce paragraphe, voir la partie occidentale du *Profil schématique du Bassin Parisien*.

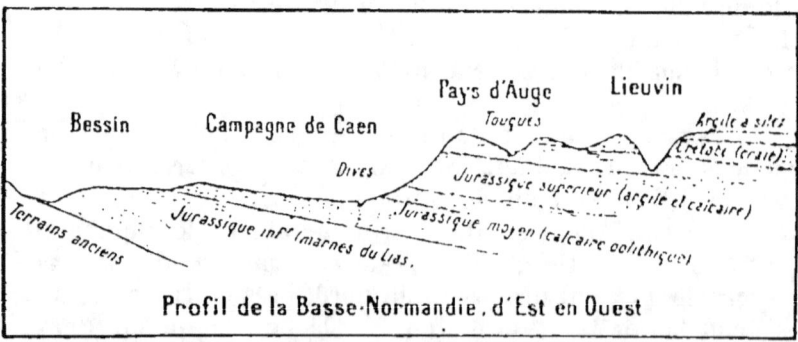

Profil de la Basse-Normandie, d'Est en Ouest

4° Basse-Normandie. La Basse-Normandie comprend surtout les Bocages du Massif Armoricain ; le Bassin Parisien vient se terminer sur leur lisière par la réapparition de l'auréole jurassique, où l'on distingue deux sortes de pays :

a) Les calcaires oolithiques forment les **Campagnes**, *plaines monotones et sèches*, mais couvertes d'une mince couche de limon et très fertiles : ainsi la *Campagne de Caen*, dont le soubassement calcaire fournit une excellente pierre à bâtir, et la *Campagne d'Argentan*, dominée par les éperons schisteux du Bocage.

b) A l'extrême bordure des terrains anciens, reparaît, très amincie, l'auréole du lias dont les marnes imperméables forment une *dépression* suivie par l'Aure, couverte de grasses prairies et semée d'étangs : c'est le **Bessin**.

Le reste de la Basse-Normandie ne fait plus partie du Bassin Parisien, c'est le **Bocage normand**, fragment du Massif Armoricain. L'association de ces pays, de nature et de

(1) Ici en effet la craie est directement placée sur les terrains jurassiques, sans interposition des argiles et des sables du crétacé inférieur, si développés dans la Région Orientale (Champagne humide).

productions diverses, a constitué la province de Normandie ou plutôt l'État normand (voir plus loin, p. 101) (1).

5° **Maine oriental**. — Comme la Normandie, le Maine et l'Anjou sont des associations historiques de pays de Bocages avec les bandes sédimentaires voisines du Bassin Parisien. Aussi ne pouvons-nous étudier ici que la partie orientale de ces deux provinces.

a) Dans le **Maine**, les auréoles jurassique et crétacée qui plongent vers le centre du Bassin Parisien, c'est-à-dire vers l'est, ont été tranchées en biseau par l'érosion, mais des mouvements d'affaissement ont singulièrement compliqué la topographie : l'auréole jurassique, qui se poursuit en se rétrécissant, forme toujours des Campagnes, sèches et agricoles, notamment la *Campagne d'Alençon*, où le sous-sol primaire émerge comme une île dans la *Forêt de Perseigne* (340 m.), puis la *Campagne de Conlie*. Ces Campagnes dessinent, entre les hauteurs boisées du Perche et celles des Bocages, une bande de plaines découvertes, aux communications faciles du nord au sud et que suit le chemin de fer de Caen au Mans.

b) L'auréole crétacée, presque uniquement représentée ici par des *sables* et des *grès*, constitue le **Perche** où ces sables, protégés par un couronnement d'argile à silex, se dressent en un *relief assez proéminent* de 200 à 300 mètres, très mouvementé, dessinant un arc en cercle ouvert vers l'est autour de la vallée de l'Huisne ; de nombreux cours d'eau limpides en divergent ; le sol imperméable de ce pays, ses nombreux étangs, ses humides prairies et ses forêts verdoyantes contrastent nettement avec les Campagnes voisines. Les collines du Perche, très accidentées, se poursuivent vers l'ouest jusque dans les terrains jurassiques qui se relèvent dans les *Monts d'Amain* (309 m.) et dans les hauteurs du *Merlerault* (321 m.) — Plus au sud, le **Bas-Maine**, surtout sableux et gréseux, est un pays de relief plus modeste, où les collines se couronnent parfois de forêts comme celle de *Vibraye* et dont les larges vallées viennent

(1) Pour le Bocage normand, voir la Carte murale et la Notice *Bretagne et Région des Bocages*.

converger vers le Mans. — A l'est du Perche, la craie blanche
reparaît dans les grandes plaines, bientôt recouvertes de
terrains tertiaires, qui mènent insensiblement à la Beauce :
la craie n'y affleure guère que sur les flancs des vallées,
notamment dans celles du Loir, en aval de Châteaudun.

6° **Anjou oriental**. — En dehors du Bocage Angevin,
l'Anjou est constitué par le prolongement de l'auréole crétacée qui repose directement sur le sous-sol ancien : c'est le
Haut-Anjou, limité à l'est par les argiles tertiaires de la
Gâtine de Touraine ; dans ce pays de collines et de vallons,
les grandes vallées sont creusées dans la craie comme en
Touraine, ainsi les *Vaux du Loir* aux fonds d'alluvions et
aux flancs crayeux, le *Val d'Anjou*, la section la plus spacieuse du Val de la Loire, où la nappe alluviale, dominée
sur la rive gauche du fleuve par de pittoresques coteaux
crayeux, s'étend largement sur la rive droite. Ce val d'Anjou constitue, avec la plaine de Saumur qui se poursuit
jusqu'aux Bocages de la Vendée, le **Bas-Anjou**.

III. — COTES

Le Bassin Parisien ne touche à la mer que par la **Manche**
qui le sépare de l'Angleterre. Jadis il ne formait, avec la
plaine Anglaise, qu'une même zone sédimentaire ; c'est l'*affaissement de la Manche*, à la fin de l'ère tertiaire, qui, li-
vrant passage aux eaux de l'Atlantique jusqu'à la mer du
Nord, trancha transversalement les diverses auréoles sédimentaires, en sorte qu'on retrouve les mêmes terrains disposés en ordre symétrique sur la côte anglaise comme sur
la côte française, par exemple les plateaux crayeux des
Downs et leurs falaises blanches en face du *Pays de Caux*.
— Cette partie de la Manche, due à une simple avancée de
l'Océan, est *peu profonde* ; la plus grande fosse, qui s'y allonge vers le nord-est, ne descend guère au-dessous de
50 mètres : la profondeur diminue encore vers le Pas de
Calais, particulièrement en face de l'estuaire de la Somme
où l'on trouve des bancs sous-marins recouverts seulement
de quelques mètres d'eau et alignés vers le nord-est dans le

sens même des courants. — Mais si elle est peu profonde, la Manche, largement ouverte aux vents et aux vagues de l'Atlantique, est *très houleuse*; la marée océanique, en s'engouffrant dans cette sorte d'entonnoir ouvert seulement par le Pas de Calais, y atteint une grande hauteur et y produit des *courants*, dont le plus puissant est celui du flot ou marée montante que soutiennent les vents d'ouest. Aussi cette mer exerce-t-elle une action énergique sur ces rivages, surtout de destruction, parfois de construction. — La conséquence générale, c'est que le littoral du Bassin Parisien, constitué de terrains uniformes sur de grandes longueurs, n'a pas les articulations qu'on rencontre sur les rivages de terrains variés ; ses irrégularités primitives ont disparu et il ne dessine plus que de *grandes courbes* dont la mer ne cesse d'user et d'arrondir les sections convexes, de combler les sections concaves.

On y distingue trois divisions naturelles :

1° **Côte du Marquenterre**. — Primitivement, la mer atteignait le plateau de Picardie qui s'y terminait par une falaise crayeuse ; mais les courants de marée montante, allant au nord-est, ont aligné en avant de cette côte les alluvions provenant de la destruction des falaises normandes ; en sorte que l'ancienne falaise, que n'avive plus la mer et que dégrade l'érosion, ne forme plus qu'un simple talus, *la falaise morte*, qu'on aperçoit sur la Carte à l'est du chemin de fer d'Abbéville à Boulogne. — En avant, les alluvions ont été alignées par la mer en *cordons littoraux* limitant des marais qui se comblèrent en polders : c'est là côte du **Marquenterre** ou des **Bas-Champs**, côte basse aux longues plages de sable bordées de *dunes*, rectiligne dans son dessin général bien que largement échancrée par les embouchures peu profondes et ensablées des rivières picardes ; la plus vaste est la *baie de Somme*, limitée au sud par la *Pointe du Hourdel*, où les courants de marée viennent entasser d'énormes quantités de galets arrachés au Pays de Caux.

2° **Côte du Pays de Caux**. — Le plateau crayeux du Pays de Caux tombe sur la mer par une *falaise blanche*

qui en est comme la coupe naturelle ; haute de 60 à 100 mètres, cette énorme muraille s'allonge depuis Ault jusqu'à
l'estuaire de la Seine ; les vagues de la haute mer et les
galets qu'elles projettent viennent en battre violemment la
base et y creusent des sortes de cavernes, si bien que la
partie supérieure finit par surplomber de plus en plus,
jusqu'au moment où elle s'éboule brusquement, notamment
après la gelée des eaux de pluie infiltrées dans la craie,
très perméable ; c'est pourquoi la falaise reste verticale,
tout en reculant peu à peu devant la mer, en moyenne de
0 m. 20 par an au *cap de la Hève*. — Parfois, comme à Étretat,

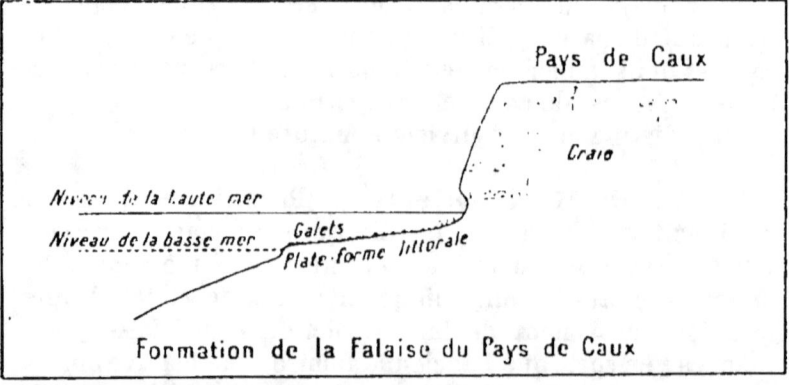

Formation de la Falaise du Pays de Caux

ce recul se fait irrégulièrement : les blocs de craie les plus
durs ont résisté aux vagues et forment des caps qui ont
été découpés en arches et en piliers très pittoresques,
mais en général cette érosion marine, entaillant un plateau
de constitution très homogène, est très régulière : la côte,
d'apparence rectiligne, ne dessine qu'une *courbe peu accentuée*, avec des caps de formes massives comme le *cap
d'Antifer* ; le mur monotone de la falaise ne s'interrompt
qu'aux *valleuses*, échancrures où elle coupe les vallées des
cours d'eau. A son pied, s'étend, au niveau des basses
mers, une plate-forme littorale de craie où les vagues déli-
tent les blocs écroulés, roulent les silex qu'ils contiennent
et les transforment en galets arrondis ; ceux-ci, poussés
par la marée, s'alignent en plages devant les valleuses, —

Cette côte finit au *cap de la Hève* dont les hautes falaises abritent le port du Havre, en face de l'embouchure de la Seine, large de 8 kilomètres et encombrée de bancs de sables.

3° Côte de Basse-Normandie. — La côte de Basse-Normandie est moins élevée que celle du Pays de Caux, mais assez *rocheuse* et très *variée* puisque la mer a coupé transversalement les diverses auréoles crétacées et jurassiques.

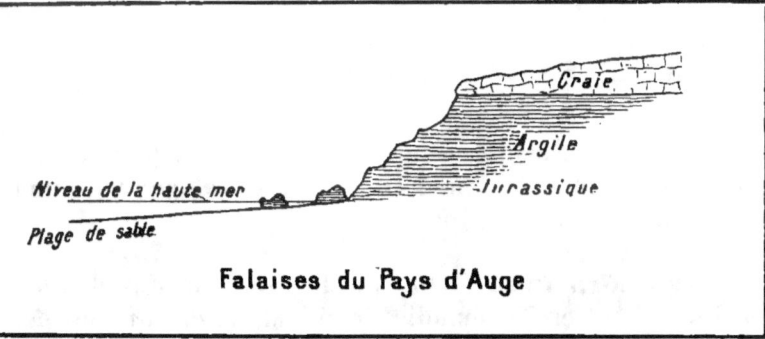

Falaises du Pays d'Auge

Le *Lieuvin* et le *Pays d'Auge* s'y terminent par des *talus* d'argile jurassique, grise et molle, mais protégée au sommet par un couronnement de craie : ce sont les falaises de Honfleur et de Villers jusqu'à la Dives ; à leur pied s'étendent de grandes plages sableuses construites par la mer ; ces sables se relèvent en dunes à l'ouest de l'embouchure de la Dives. — Puis le calcaire dur de la *Campagne de Caen* vient finir par une côte de *petites falaises* dominant des grèves de sable ; au large, des écueils à fleur d'eau, dit *Rochers du Calvados*, témoignent du recul de ce plateau calcaire dont ils sont les débris(1). — Vers Courseulles commencent les *falaises* du *Bessin*, dont les marnes liasiques se dressent en talus parce qu'elles sont couronnées d'une couche protectrice de calcaire ; ce sont les falaises noirâtres d'Arromanches et de Port-en-

(1) On suppose, d'après d'anciennes cartes anglaises, que le mot de Calvados dérive du nom d'un navire de l'Invincible Armada de Philippe III le *Salvador*, qui aurait fait naufrage sur ces écueils.

Bessin ; elles se terminent devant la *baie des Veys*, qui se creuse jusqu'à Isigny et qui est bordée d'anciens marais transformés en *polders* ; au delà commence le littoral du Massif Armoricain (1).

En résumé, le rivage du Bassin Parisien est totalement dépourvu de cette richesse d'articulation que nous trouvons en Bretagne ; il ne possède de ports naturels qu'aux embouchures des fleuves, dont un seul, la Seine, forme un estuaire spacieux, quoique partiellement envasé de dépôts marins ; l'aptitude maritime générale est donc fort médiocre.

IV. — CLIMAT

Le Bassin Parisien a un climat *très modéré*, qui fait transition du climat très maritime de la Bretagne au climat continental de la Lorraine.

1° **Température**. — Dans la Région Nord-Occidentale, en Picardie et en Normandie, le climat est encore tout maritime avec des hivers doux, des étés frais, donc de faibles écarts de température : ainsi à Fécamp, la température moyenne de janvier est de 3°,9, celle de juillet 16°,5, l'écart de 12°,6 seulement ; le nombre moyen des jours de gelée par an n'atteint que 34 et ne dépasse pas 50 sur une large bande littorale. — De même les Plaines de la Loire ont des hivers tièdes mais des étés déjà plus chauds ; à Vendôme, la moyenne de janvier est de 3°, celle de juillet 19°,3 : le nombre des jours de gelée varie, entre Angers et Orléans, de 50 à 60. — Dans la Région Centrale, l'écart des saisons est à peu près le même, mais les hivers déjà moins doux : à Paris la moyenne de janvier est de 2°,7, avec 66 jours de gelée par an ; celle de juillet est de 19° (écart : 16°,3). — Enfin, dans la Région Orientale, plus on s'approche du Plateau lorrain, plus les hivers deviennent rigoureux : le nombre moyen des jours de gelée dépasse partout 80 et souvent 90 ; par contre, les étés assez chauds permettent

(1) Voir Notice et Carte murale *Bretagne et Région des Bocages*.

la culture de la vigne, inconnue en Normandie ; à Chaumont la moyenne de janvier est de 0°,7 ; celle de juillet 18°,3 ; l'écart atteint 17°,6.

2° Pluies. — Ce sont les vents océaniques de l'ouest et du sud-ouest, vents dominants dans le Bassin Parisien, qui y déterminent le régime des pluies : elles sont *fréquentes*, mais *de quantité modérée*, variable d'ailleurs suivant le voisinage de la mer et le relief. — Toute la Région Nord-Occidentale, bordée par la Manche, est très humide ; les pluies, qui tombent en bruines fines et longues, sont surtout abondantes sur les hauteurs : partout d'au moins 0 m. 75 par an, elles dépassent 1 mètre sur les collines de Normandie et le Pays de Caux, quantité qui est répartie sur 140 jours au moins par an ; cette humidité explique la végétation verdoyante de ces régions littorales, leurs prairies, leurs pommiers. — Au Sud-Ouest, les Plaines de la Loire, totalement dépourvues de relief, sont moins arrosées : la chute annuelle varie de 0 m. 60 à 0 m. 75 ; mais le climat du Poitou, plus humide, fait transition avec celui de l'Aquitaine. — La Région Centrale du Bassin Parisien, la plus basse, est un des pays les moins pluvieux de France, avec moins de 0 m. 50 en moyenne générale : à Paris, il ne tombe que 0 m. 58 par an, mais le nombre des jours de pluie reste très élevé : 154 par an. — Enfin, dans la Région Orientale, de relief plus accentué, les pluies augmentent progressivement : elles dépassent 0 m. 75 sur les hauteurs situées à l'est de la plaine de Champagne et 1 mètre sur le plateau de Langres et sur le Morvan.

Ces pluies, d'origine océanique, tombent en toute saison avec *maximum au printemps et à l'automne*, surtout dans l'ouest ; mais un autre maximum se produit en été dans la Région Orientale, de climat plus continental, aux pluies orageuses d'été.

V. — COURS D'EAU

C'est par une longue évolution que le réseau hydrographique du Bassin Parisien a pris son aspect actuel. Quand

la région fut définitivement émergée, c'est-à-dire vers la
fin de l'ère tertiaire, elle présentait, non pas deux grands
fleuves, mais un seul : les *larges nappes d'eau* qui descen-
daient du Massif Central, en étalant des sables granitiques
sur la Sologne et jusque sur les plateaux voisins de la
basse Seine, formèrent ensuite un *grand fleuve* qui, venu
de la haute vallée de la Loire, gagnait, peut-être par celle
du Loing, celle de la Seine moyenne et inférieure. Au Nord,
un fleuve secondaire coulait, parallèlement aux plissements tertiaires de la craie, dans les vallées actuelles de
l'Aisne et de la Somme. — Mais, quand la région sud-
ouest s'affaissa laissant la mer s'avancer jusque vers Blois,
la nouvelle pente attira vers l'ouest la section supérieure
du grand fleuve qui se scinda en *deux cours d'eau* dis-
tincts : la Loire et la Seine, celle-ci conservant la direction primitive. Par contre son affluent l'Oise, reculant ses
sources vers le nord, capta le tronçon supérieur du fleuve
septentrional et en fit son affluent, l'Aisne; celle-ci s'annexa
de même plusieurs affluents de la Meuse, qui coulait sur
une plate-forme plus élevée, notamment l'Aire. En sorte
que la Somme et la Meuse sont des fleuves très réduits.

Cette dispersion des eaux du Bassin Parisien en plusieurs fleuves n'a rompu qu'en apparence son unité : la
disposition en cuvette de son relief fait converger les rivières vers le centre (même la Loire jusqu'à Orléans) et, au
total, la Seine en recueille la majeure partie. C'est cependant ce divorce de la Seine et de la Loire qui, historiquement, a permis aux influences des pays de l'Ouest et du
Sud-Ouest de disputer à celles de Paris les Plaines de la
Loire.

En général, les rivières du Bassin Parisien sont *tran-
quilles* et *régulières*, mais la variété des terrains qu'elles
drainent leur donne une *grande diversité* d'origine, de
cours et de régime : dans les régions perméables elles sont
dues à des sources, rares mais abondantes et constantes;
leurs vallées sont souvent encaissées et leur régime régulier; au contraire dans les régions imperméables, elles sont
formées d'innombrables petits ruisseaux dessinant un réseau
très ramifié et leur débit est très variable. — D'ailleurs
la plupart des grandes rivières, traversant les différentes

zones, participent successivement, par leurs affluents, à ces deux régimes.

On distingue, dans le Bassin Parisien, trois groupes de cours d'eau : les *rivières côtières*, la *Seine* tout entière, la *Loire moyenne*.

1° **RIVIÈRES COTIÈRES**. — Les rivières côtières sont *nombreuses*, à cause de la disposition du relief en zones parallèles vers le nord-ouest en Picardie et en Haute-Normandie, vers le nord en Basse-Normandie.

a) **Rivières de Picardie et de Haute-Normandie**. — La direction des rivières vers le nord-ouest y est très nette ; ainsi la *Canche* et l'*Authie*, abondantes et paisibles, coulent dans des vallées rectilignes et profondes, entaillées dans la craie picarde.

La **Somme** est la rivière caractéristique des pays de craie en même temps qu'un modèle de régularité. Née sur les plateaux de Vermandois elle n'a que 245 kilomètres de longueur, une pente faible et égale ; aussi coule-t-elle très lentement, en décrivant force sinuosités dans la vallée, aujourd'hui trop large, qu'avait creusée dans la craie le fleuve beaucoup plus puissant qu'elle était jadis : elle a rempli le fond de cette vallée, tout plat et très humide, de *tourbières* marécageuses où, le plus souvent, son cours disparaît pour ainsi dire en innombrables canaux ou *rieux* séparant les jardins maraîchers (1). — La craie blanche est perméable, mais, comme une véritable éponge, elle retient l'eau qui, par conséquent, ne la traverse que très lentement : aussi faut-il beaucoup de temps à l'eau des pluies, régulièrement réparties d'ailleurs sur les plateaux picards, pour arriver au niveau des sources ; de là l'extrême *régularité* du régime de la Somme : son débit moyen est de 40 mètres cubes par seconde, de 80 seulement dans les crues, du reste exceptionnelles, de 20 à l'étiage d'été. — Ces caractères se retrouvent dans tous ses affluents : à droite, l'*Ancre*, à gauche, l'*Avre*, qui rassemble les petits cours d'eau du San-

(1) Voir le Profil de la vallée de la Somme, p. 21.

terre et conflue à Amiens. — Grâce à sa régularité, la Somme est parfaitement navigable ; mais son estuaire est trop large (5 kilomètres près de Saint-Valéry) pour que son faible courant puisse le débarrasser des vases qu'y apportent les courants de marée ; la baie de Somme est ensablée, très peu profonde et inutilisable pour la navigation : celle-ci ne suit donc pas la Somme, comme de coutume, vers l'embouchure, mais au contraire vers l'amont, c'est-à-dire vers les canaux du Vermandois.

Les petites rivières du Pays de Caux, très semblables à celles de Picardie, naissent pour la plupart sur les rebords de la dépression argileuse du Pays de Bray, comme la *Bresle*, qui finit au Tréport, et la *Béthune*, qui, grossie de deux autres cours d'eau, forme la *rivière d'Arques* et aboutit dans le port de Dieppe.

b) **Rivières de Basse-Normandie** — Dans les larges vallées de Basse-Normandie, les rivières *abondantes* et *constantes*, coulent au ras des prairies ; pour la plupart, elles descendent du Perche, hauteurs très arrosées et centre important de dispersion fluviale : citons la *Risle*, grossie de la *Charentonne*, qui finit dans l'estuaire de la Seine ; la *Touques* et la *Dives* qui drainent les vallées spacieuses du Pays d'Auge ; l'**Orne** qui, sortie du Bocage normand, traverse presque sans vallée la Campagne de Caen où elle est navigable grâce à la marée et doublée cependant d'un canal ; enfin l'*Aure*, la rivière du Bessin, près de Bayeux ses eaux s'infiltrent, en plein calcaire, dans les bettoirs des *Fosses de Souci* : une partie reparaît en source au pied de la falaise de Port-en-Bessin ; le reste, ressorti 800 mètres au delà des Fosses, reforme la rivière.

2° **LA SEINE**. — La Seine est formée de plusieurs rivières qui, nées pour la plupart sur les hauteurs orientales du Bassin Parisien, convergent vers le centre en traversant successivement les diverses auréoles sédimentaires dont elles longent par moment les crêtes terminales ; de là la variété de leur aspect et de leur allure, d'là aussi l'importance de ces rivières comme voies de communication créées par la nature entre des régions très différentes.

La Seine, qui parcourt 776 kilomètres, est le *troisième fleuve* de France; née à 471 mètres seulement d'altitude, elle est *lente, régulière*, très bien *navigable* et généralement dirigée vers le nord-ouest. — On peut diviser son cours en 3 sections : la *Seine supérieure*, en Bourgogne et en Champagne jusqu'à Moret ; la *Seine moyenne*, en Ile-de-France, de Moret à Vernon ; la *Seine inférieure*, en Normandie, de Vernon à la mer.

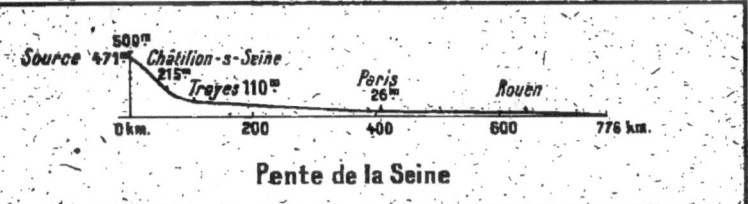

Pente de la Seine

a) **Seine supérieure.** — Sortie d'une source du plateau de Langres, à 471 mètres d'altitude, la Seine prend immédiatement sa direction vers le nord-ouest; mais, malgré les pluies abondantes qui tombent sur ces hautes terres, elle reste un *pauvre cours d'eau* sur les calcaires très perméables du Châtillonnais ; à Châtillon-sur-Seine (215 m.), où elle a déjà descendu plus de la moitié de sa pente, elle reçoit une très grosse source, ou *douix*, qui lui donne vraiment l'allure d'une rivière ; là, elle s'engage dans une vallée étroite et escarpée, entaillée dans le plateau corallien. — Ses affluents, *Ource, Laignes*, qui coulent longtemps parallèlement à la Seine avant de la rejoindre, ont les mêmes vallées encaissées et les mêmes phénomènes d'infiltration, surtout la Laignes qui disparaît dans le calcaire sur une vingtaine de kilomètres.

A Bar-sur-Seine, le fleuve termine sa percée des plateaux calcaires et pénètre dans la Champagne humide où sa vallée est plus effacée; il y reçoit d'innombrables petits ruisseaux, aux eaux troubles, au débit très variable, comme la *Barse*. — A Troyes (110 m.), la Seine, dominée sur sa rive gauche par le rebord de la Forêt d'Othe, entre dans la grande plaine de la Champagne pouilleuse, qu'elle traverse doucement, presque sans vallée, se divisant en plusieurs bras sur la large nappe d'alluvions qu'elle a déposée. — A Romilly, elle reçoit son premier affluent notable, l'**Aube** (248 km.), aux eaux blanchâtres, sorte de double de la haute Seine : née près du Haut-du-Sec, elle se dégage des plateaux calcaires de Clairvaux à Bar-sur-Aube où elle entre en Champagne humide ; à Brienne elle pénètre en Champagne pouilleuse où elle reçoit, à droite, un petit affluent, la *Superbe*, qui a capté les sections supérieures du *Grand-* et du *Petit-Morin*, tributaires de la Marne.

Grossie de l'Aube, la Seine se heurte, près de Romilly, à la Crête de l'Ile-de-France qui lui impose un brusque changement de direction : jusqu'à Moret, elle coule vers l'ouest-sud-ouest, en longeant le pied du plateau de Brie, et formant fossé en avant de ce rempart. — A Montereau, elle reçoit, à gauche, son second affluent important, l'**Yonne** (280 km., rivière du Morvan, très différente de la haute Seine : née à 730 mètres d'altitude, l'Yonne est un cours d'eau *rapide* et *torrentiel* comme ceux du Massif Central ; de même la *Cure*, dont les eaux sont en partie retenues dans l'énorme réservoir des *Settons*. Après avoir traversé, en vallée, l'auréole des calcaires jurassiques qui ne suffisent pas à la régulariser, l'Yonne pénètre dans la dépression de la Champagne humide où plusieurs affluents viennent la rejoindre, en avant de l'obstacle de la Forêt d'Othe, entre Auxerre et Laroche : ce sont les rivières de l'Auxois imperméable, *Serein* et *Armançon*, troubles et aussi irrégulières que celles du Morvan ; ainsi le Serein roule 6 mètres cubes en moyenne mais jusqu'à 300 en crue. C'est pourquoi l'Yonne, engagée après Laroche dans l'auréole crayeuse, y garde un *régime très instable*, en dépit de la régularité de son affluent de droite, la *Vanne*, aux eaux claires issues des sources de la Forêt d'Othe ; à Montereau, son débit, de 75 mètres cubes en moyenne, tombe parfois à 17 mais monte jusqu'à 1.000 ou 1.200 en crue. — Un peu plus en aval, à Moret, la Seine reçoit le **Loing**, belle rivière régulière du Gâtinais, qui forme voie navigable vers la Loire.

b) **Seine moyenne**. — Doublée par les eaux de l'Yonne et du Loing, la Seine s'encaisse dans les plateaux de l'Ile-de-France, depuis Moret (49 m.) jusqu'à Vernon (16 m.) ;

elle reprend sa direction générale vers le nord-ouest; c'est-
à-dire vers le fond de la dépression parisienne, mais en
traçant de nombreux *méandres* dans la très large vallée
creusée par les courants diluviens. C'est ici surtout qu'apparaît *la convergence* générale des cours d'eau vers le
centre du Bassin Parisien ; de gauche arrive l'*Essonne*,

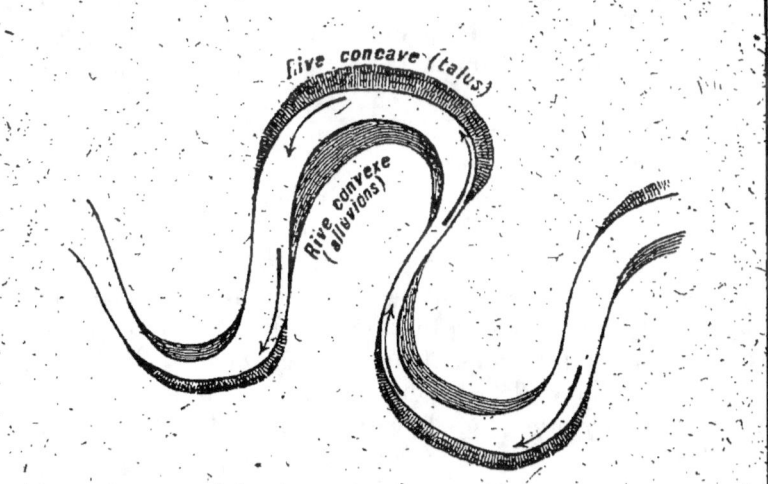

Méandre fluvial; contraste de la rive concave, affouillée par le courant, et
de la rive convexe, accrue par alluvionnement.

rivière de Beauce, limpide et régulière, puis l'*Orge*, grossie
de l'*Yvette*, et la *Bièvre*, qui drainent les vallées du Huré-
poix ; de droite, l'*Yerres*, rivière de Brie, très sinueuse, et
enfin, immédiatement en amont et en aval de Paris, les
deux plus grands affluents de la Seine, la **Marne** et l'**Oise**.
— Au-dessous de Paris, la Seine doit, pour gagner la mer,
s'enfoncer plus nettement encore dans les plateaux calcaires qui l'en séparent ; comme elle n'a plus que 26 mètres
de niveau à descendre, sa pente est très faible (7 cm. en
moyenne par km.), aussi, à chaque obstacle du relief, sa
direction change ; de là ces grands méandres qui lui donnent une longueur double de celle de sa vallée ; ces courbes
présentent le contraste habituel entre la rive concave,

affouillée par le courant et de profil abrupt, et la rive convexe, alluviale et basse (voir le carton, *Environs de Paris*, et plus loin p. 129). Quatre courbes mènent ainsi la Seine hors du plateau de l'Ile-de-France, la première entourant le mont Valérien et la presqu'île de Gennevilliers, la deuxième la forêt de Saint-Germain, la troisième les hauteurs de Médan, enfin la quatrième, au sud du Vexin français, est dominée par les ruines de la Roche-Guyon, ancienne forteresse frontière du Royaume en face de la Normandie Ducale.

Les deux grands affluents de cette section moyenne sont la Marne et l'Oise.

La **Marne**, le plus long des affluents de la Seine (525 km), traverse les mêmes zones naturelles que la Seine supérieure dont elle reproduit concentriquement le tracé. Née près de Langres, à 374 mètres d'altitude, elle se dégage par une vallée encaissée des plateaux calcaires de Langres, et, après Chaumont, de ceux du Barrois. — Puis elle descend dans la dépression marneuse et alluviale du Perthois, où viennent se rassembler ses premiers affluents : à gauche, la *Blaise* qui draine le Vallage et la Forêt du Der ; à droite, la *Saulx*, grossie de l'*Ornain*, dont la vallée, taillée dans les calcaires du Barrois, forme route naturelle, très importante, du Bassin Parisien vers la Meuse et la Lorraine : c'est à Vitry-le-François qu'aboutit cette remarquable convergence des cours d'eau et que la Marne pénètre en Champagne pouilleuse. — Elle la traverse par une vallée plate et verdoyante, presque sans affluent, jusqu'à Epernay où elle s'engage par un vrai défilé dans l'Ile-de-France. — Elle suit alors une belle et large vallée, entre le rebord du Tardenois au nord, celui de la Brie au sud, en décrivant d'innombrables sinuosités où elle va tour à tour heurter le pied des côtes de chaque rive : elle y reçoit, à droite, l'*Ourcq*, rivière du Valois ; à gauche, le *Petit-* et le *Grand-Morin*, assez irréguliers parce qu'ils drainent les plateaux argileux et imperméables de la Brie pouilleuse. Enfin après avoir percé, entre Chalifert et Lagny, les hauteurs qui reliaient jadis la côte de Vaujours à la Brie, la Marne trace une dernière boucle autour de Saint-Maur et finit dans la Seine à Charenton. — Sans être très irrégulière, la Marne a un *débit plus inégal* que celui de la Seine, grâce surtout aux rivières

de Brie : elle roule en moyenne 75 mètres cubes par seconde, mais peut être réduite à 14 à l'étiage et monter à
1.500 en crue ; navigable, elle forme voie naturelle vers
l'Est.

L'**Oise**, beaucoup moins longue que la Marne (300 km.),
sort du plateau schisteux de l'Ardenne belge ; mais elle
s'en dégage bientôt, pour pénétrer, près de Guise, dans une
longue dépression orientée du nord-est au sud-ouest où
coulent en sens inverse la Sambre et la Meuse, et qui
forme grand'route naturelle de Paris vers l'Allemagne du
Nord. L'Oise y descend régulièrement, par une vallée large
et fraîche, ouverte, depuis la Fère, entre les plateaux du
Noyonnais et du Soissonnais, puis entre ceux du Beauvaisis et du Valois ; enfin elle se termine dans la Seine au
sommet de la boucle qui contourne la forêt de Saint-Germain. — *Très régulière* et ne variant qu'entre 30 mètres
cubes à l'étiage et 650 en crue avec 55 de moyenne, l'Oise
forme une admirable voie navigable, le grand chemin naturel de Paris vers le nord et le nord-est. — A droite, ses
seuls affluents sont les cours d'eau encaissés du Beauvaisis, *Bresche et Thérain* ; mais à gauche, elle reçoit la *Serre*,
rivière de Thiérache, la *Lette* du Soissonnais, et enfin,
près de Compiègne, l'**Aisne** qu'elle a captée. Très différente de l'Oise et plutôt semblable à la Marne, l'Aisne
naît au sud de l'Argonne qu'elle encadre avec son affluent
l'*Aire*, conquis par elle sur la Meuse ; puis elle décrit la
même courbe que la Marne ou la Seine à travers les
plaines de la Champagne pouilleuse, où elle reçoit la *Suippe*
assez abondante, et à travers les plateaux de l'Ile-de-
France, où elle s'encaisse entre le Soissonnais et le Valois
et où elle reçoit la *Vesle*, rivière champenoise. Au confluent, l'Aisne (280 km.) est plus longue que l'Oise, mais
moins régulière et surtout moins importante comme voie
de communication.

c) **Seine inférieure**. — Sortie de l'Ile-de-France, la
Seine doit, pour gagner la mer, franchir l'obstacle des
plateaux de Haute-Normandie ; et comme elle n'a plus,
après Vernon, que 16 mètres à descendre, elle y trace un
cours encore plus *sinueux* et *encaissé* que dans l'Ile-de-

France, mais c'est la craie dont les croupes gazonnées et arides forment maintenant les rebords de la vallée, à partir de Vernon et du confluent de l'*Epte* ; ce petit cours d'eau, issu du Pays de Bray, fut la limite historique du Royaume de France et du Duché de Normandie : Château-Gaillard, dont les ruines dominent la boucle de la Seine aux Andelys, était la forteresse ducale en face de la royale, la Roche-Guyon. — La Seine reçoit ensuite l'*Andelle*, venue du Pays de Bray et, à gauche, l'**Eure**, son dernier grand affluent : née dans le Perche, l'Eure contourne le Thimerais vers le sud-est, mais est rejetée vers le nord, à Chartres, par la rencontre de la plate-forme beauceronne ; dans le plateau crayeux, elle se grossit de sources nombreuses et puissantes, ainsi que ses affluents l'*Avre* et l'*Iton* ; ce dernier s'infiltre dans les bettoirs de la craie et disparaît sur une longueur de 6 à 7 kilomètres, en amont d'Evreux ; après Louviers, l'Eure finit dans la Seine. — Au delà de ce confluent, où commence à se faire sentir l'action de la marée, la Seine maritime décrit *trois grandes courbes* entre les falaises du Pays de Caux et celles du Roumois : la première porte Rouen, accessible aux navires ; au delà, notamment à Caudebec, la rencontre du courant et du flot produit le *mascaret*, vague tumultueuse qui remonte le fleuve et atteint jusqu'à 3 mètres de hauteur lors des grandes marées. — La largeur de la Seine s'accroît en même temps que sa pente diminue ; aussi les alluvions se déposent sur ses rives et dans son lit même ; c'est pourquoi on a élevé, de Rouen au Havre, des digues latérales qui, en restreignant la largeur du fleuve, le forcent à reporter ses boues vers l'estuaire : celui-ci, malgré l'action énergique des courants de marée, est tout encombré de bancs de sable sous-marins, comme le *Ratier* et le banc d'*Amfard* ; aussi a-t-on dû creuser un canal latéral, dit de Tancarville, sur la rive droite.

Régime. — Le sol et le climat des régions drainées par la Seine lui assurent un *régime très régulier*. D'abord le *sol* : les trois quarts de ce domaine fluvial sont formés de terrains perméables, et les parties imperméables sont, pour la moitié, presque plates (dépressions argileuses) ; en sorte

que la plupart des rivières proviennent, non du ruissellement direct, mais de sources, qui retardent l'écoulement
des eaux : les crues des rivières des terrains perméables

Terrains perméables 3/4 (rivières de sources)	Terrains imperméables 1/4 ruissellement direct

Comparaison de la surface des terrains perméables et imperméables
du domaine de la Seine.

n'arrivent donc au fleuve qu'après l'écoulement de celles
des terrains imperméables, et, lors de la sécheresse, elles
maintiennent son débit, grâce à leurs sources. — Quant au
climat, si les pluies sont fréquentes, surtout en hiver, elles
tombent en quantité modérée et aucune saison n'en est
absolument dépourvue. — Aussi la Seine a-t-elle, au total,
un régime très régulier ; ses *crues* sont rares et médiocres :
elles résultent surtout de celles de son affluent l'Yonne qui

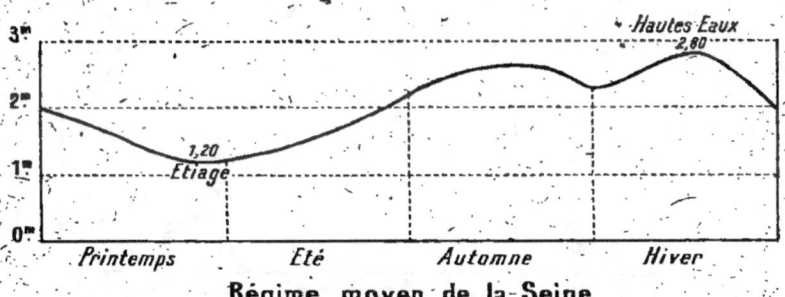

Régime moyen de la Seine

réunit les torrents du Morvan et les rivières instables de
l'Auxois ; les hautes eaux de l'Yonne, déversées dans la
Seine à Montereau, arrivent généralement à Paris quatre
jours avant celles de la haute Seine et de la Marne, en

sorte qu'elles y passent successivement ; la crue est longue, mais faible.

Des quatre grands fleuves français, c'est la Seine qui a

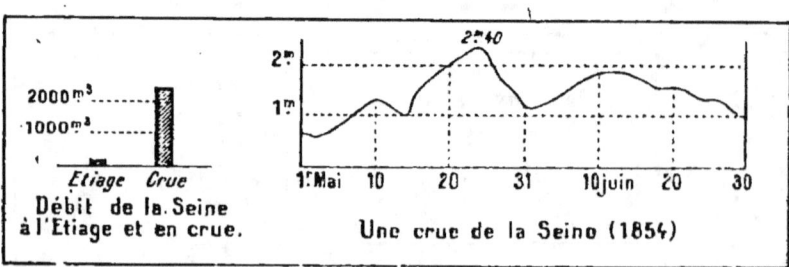

Débit de la Seine à l'Étiage et en crue.   Une crue de la Seine (1854)

le régime le plus régulier : à Paris, le *débit* est, en moyenne, de 150 mètres cubes par seconde : il est tombé à 33 lors de

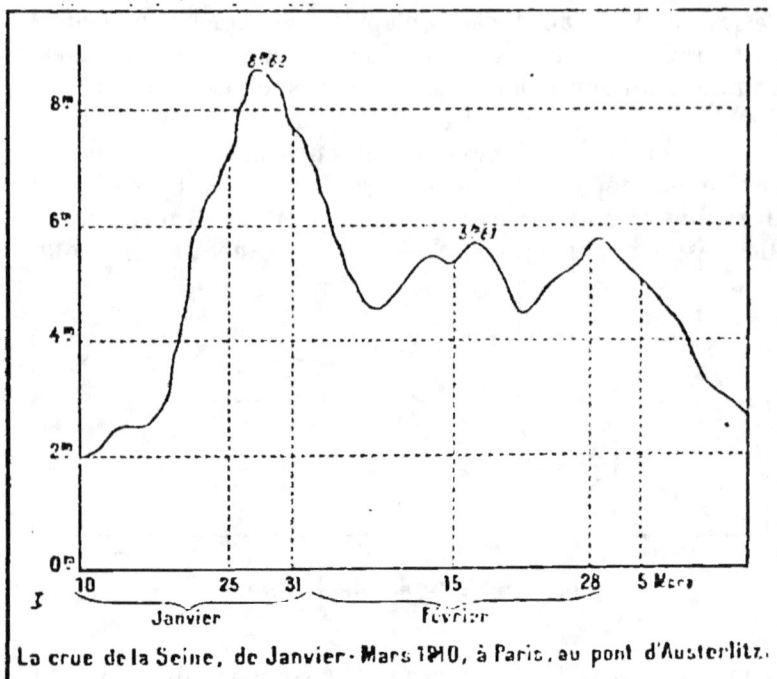

La crue de la Seine, de Janvier-Mars 1910, à Paris, au pont d'Austerlitz.

quelques baisses exceptionnelles, monte à 1.000 dans les crues ordinaires; à 1.600 dans les crues extrêmes ; ce débit s'accroît régulièrement d'amont en aval : à l'embouchure, le débit moyen est de 300 mètres cubes. Les *crues* sont rares et peuvent être prévues à l'avance puisqu'elles résultent d'un phénomène local et exceptionnel. — S'il se produisit, en janvier 1910, une montée formidable du niveau du fleuve, c'est qu'après l'écoulement des eaux de l'Yonne, au moment où arrivèrent à leur tour celles de la haute Seine et de la Marne, une seconde crue de l'Yonne vint s'y ajouter, à la suite de pluies persistantes ; cette accumulation d'eau, qui représentait un débit de 2.500 mètres cubes par seconde, ne pouvant s'écouler rapidement vers la mer par le lit sinueux et en pente trop douce de la Seine, Paris et ses environs furent partiellement inondés ; mais c'est un fait extraordinairement rare, qu'on voit à peine une fois par siècle. Même en hiver, la Seine ne subit habituellement que de faibles crues.

Cette régularité du régime produit la *régularité du lit* de la Seine qui se prête admirablement à la navigation, ainsi que la plupart de ses affluents, qui, venus de tous les points de l'horizon, convergent vers le centre. La très grande utilité de ce réseau hydrographique, les communications faciles qu'il établit entre les diverses parties de cette région parisienne ont été les principales causes de sa fortune politique et économique.

3° **LOIRE MOYENNE**. — Grand torrent du Massif Central pour toute sa partie supérieure, la Loire traverse la Région Méridionale du Bassin Parisien, depuis Decize où elle quitte définitivement les terrains anciens du Massif Central jusqu'aux Ponts-de-Cé où elle pénètre dans ceux du Massif Armoricain, soit sur une longueur de 400 kilomètres. Depuis que l'affaissement de la région sud-occidentale et l'avancée de la mer jusque vers Blois l'ont détournée de son cours primitif vers la Seine, la Loire décrit une *grande courbe* dont Orléans occupe le point le plus septentrional, puis prend sa direction définitive vers l'ouest. C'est grâce à cette courbe où le fleuve ne passe, à Orléans, qu'à 120 kilomètres de Paris, que les Plaines de la Loire ont partagé de bonne heure les destinées historiques du Bassin Parisien.

Avec la Seine la Loire offre un contraste frappant : elle conserve, dans les grandes plaines qu'elle traverse, le *régime très instable* qu'elle a sur les hautes terres imperméables du Massif Central, à cause de sa forte pente et faute d'affluents réguliers. D'abord la *pente très accentuée*, surtout jusqu'à Orléans, provoque un écoulement rapide des eaux : de 191 mètres à Decize la Loire descend à 91 devant Orléans, à 46 devant Tours, à 16 aux Ponts-de-Cé, soit une moyenne de plus de 0 m. 40 par kilomètre, pente environ trois fois plus forte que celle de la Seine en

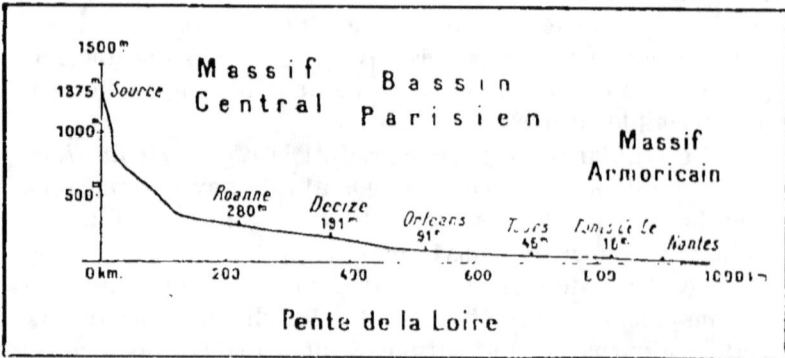

Pente de la Loire

aval de Troyes. — En second lieu la Loire ne reçoit, du Bec d'Allier jusqu'à Tours, que de *très petits affluents*, incapables d'améliorer son régime. Ce sont : 1° à droite, les rivières médiocres du Bazois et du Nivernais, l'*Aron* dont la vallée mène à celle de l'Yonne par le seuil de la Collancelle, et la *Nièvre* qui conflue à Nevers ; 2° à gauche, l'*Aubois*, simple ruisseau qui draine le Val de Berri ; 3° d'autres affluents, appelés *fausses Loires*, dus aux eaux mêmes du fleuve infiltrées dans le lit crayeux du Val de Loire, où ils coulent parallèlement au fleuve avant de le rejoindre, ainsi le *Loiret*, court mais abondant dès les deux fortes sources, Abîme et Bouillon, qui le forment, la *Cisse* en Touraine, l'*Authion* en Anjou ; 4° enfin les rivières de Sologne, *Cosson* et *Beuvron*, qui coulent très lentement, sans vallée, au milieu des étangs.

La Loire subit donc en plein Bassin Parisien les mêmes

variations énormes et brusques de débit que dans le Massif
Central ; à Orléans, elle se réduit, lors de l'étiage d'été, à
25 mètres cubes par seconde, et parfois à 10 seulement ;
son lit, large de 400 mètres, n'est alors parcouru que par

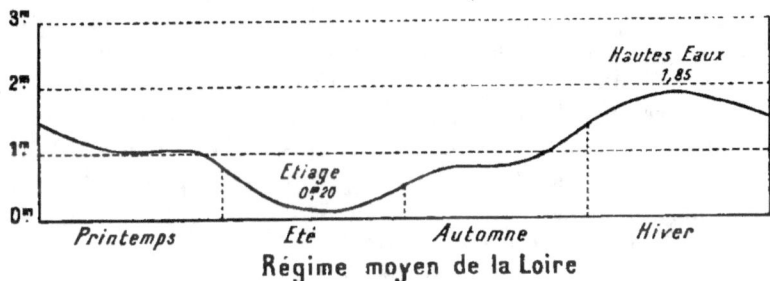

Régime moyen de la Loire

de minces filets d'eau serpentant entre de vastes bancs de
sables jaunâtres ; parfois au contraire elle roule jusqu'à 8.000
et 9.000 mètres cubes d'eau fangeuse, soit autant que le
bas Danube ; ces *crues* se produisent régulièrement en
automne et au printemps, saison des pluies ; elles sont

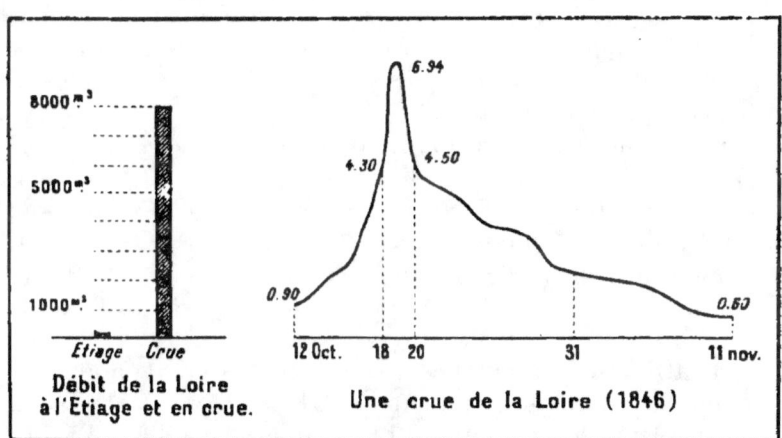

Débit de la Loire
à l'Étiage et en crue.   Une crue de la Loire (1846)

moins redoutables que les subites montées du fleuve causées
en été par les pluies d'orage abattues sur le Massif Central,
comme les crues de 1856 et 1866, restées célèbres.

C'est pour prévenir les inondations, suite naturelle de

ces crues, que, depuis Louis le Debonnaire et surtout au
XVIIIe siècle, les riverains ont élevé de chaque côté de la
Loire des digues ou *turcies*, hautes d'environ 8 mètres.
Mais alors les sables charriés par des crues moyennes se
déposent dans le lit même du fleuve et l'exhaussent peu à
peu ; en sorte que, dans les très fortes crues, le niveau du
courant dépasse exagérément celui de la vallée, et si les
digues viennent à se rompre comme en 1856, les désastres
sont terribles. D'autre part les anciennes inondations ont
creusé, au pied des coteaux calcaires qui enserrent le Val,
des ravinements latéraux qu'empruntent certains affluents,
comme la Cisse et l'Authion. Même restreinte par les
digues, cette *irrégularité du lit* de la Loire subsiste, conséquence directe de son régime violent ; ce lit est encombré
de longues flèches de sables, ou *grèves*, que le courant
fait cheminer, suivant sa vitesse, de 3 à 6 mètres par
jour.

La Loire n'est donc *pas navigable* : la plupart du temps
sa profondeur est insuffisante et les bateaux n'y pourraient
circuler sans échouer sur les bancs de sable ; par contre au
moment des crues, le courant est trop rapide ; un pareil
fleuve n'est donc utile que par les alluvions déposées par
ses crues dans le Val de Loire, ce sont de fertiles *varennes*,
rubans allongés au pied des coteaux calcaires tant en Orléanais qu'en Touraine.

Quant aux grands **affluents** que reçoit la Loire avant de
sortir du Bassin Parisien, leur direction présente une ten-
dance commune et très frappante : qu'ils viennent du sud
ou du nord, ils finissent tous par se diriger vers l'ouest,
en se rapprochant de la Loire, parce que, comme le fleuve
lui-même, ils ont été sollicités par l'affaissement de la
région sud-occidentale.

a) **Affluents de gauche**. — Entre Tours et Saumur, sur
une quarantaine de kilomètres, la Loire recueille les eaux
de trois grands affluents qui, nés dans le Massif Central,
traversent successivement, comme les rivières de Champagne, les auréoles jurassique, crétacée et tertiaire du
Bassin Parisien : ce sont le *Cher*, l'*Indre* et la *Vienne*.

Le **Cher** (320 km.), torrent descendu du plateau cristal-
lin de Combrailles, entre à Saint-Amand-Montrond dans

la plaine calcaire du Berri dont les belles sources l'assa-
gissent quelque peu ; près de Vierzon, il reçoit à droite
l'*Yèvre*, grossie à Bourges de l'*Auron*, à gauche l'*Arnon*,
rivière paisible de la Champagne Berrichonne ; tous ces
cours d'eau viennent converger au pied du rebord de l'auréole crayeuse ; le Cher s'y engage par une belle et fertile
vallée qui se recourbe vers l'ouest, longe au sud la Sologne
qui lui envoie la *Sauldre*, analogue au Beuvron, puis, après
Chenonceaux, pénètre dans le Val de Loire où il coule parallèlement au fleuve pendant plus de 20 kilomètres avant de le
rejoindre en aval de Tours près de Langeais. — Cette disposition du confluent est remarquable, parce qu'elle est com-

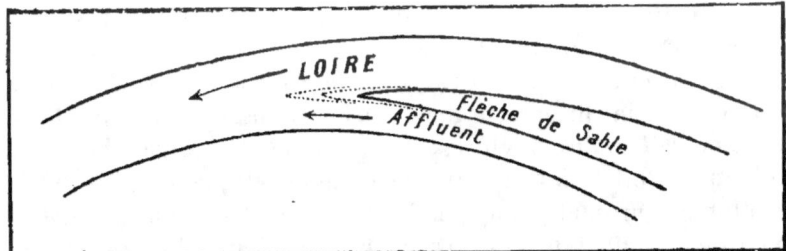

mune à celui de l'Indre et à celui de la Vienne : les alluvions des deux cours d'eau se déposent à l'endroit où ils
s'élargissent en se réunissant puisque le courant s'y ralentit ;
ainsi se forme une mince flèche de sable qui s'allonge progressivement vers l'aval : de là le parallélisme des cours
du fleuve et de ses tributaires, et le recul vers l'ouest des
confluents.

L'Indre (265 km.) naît seulement sur la bordure granitique
du plateau de Boussac ; aussi est-il le moins irrégulier de ce
groupe d'affluents ; il traverse successivement les coteaux
du Boischaut, la grande plaine calcaire perméable de la
Champagne berrichonne (par Châteauroux) ; puis il pénètre dans une vallée assez étroite taillée dans la craie de
Touraine (par Loches) ; enfin, s'infléchissant lui aussi vers
l'ouest, il pénètre à Azay-le-Rideau dans le **Val de Loire**
pour y rejoindre le grand fleuve. — De régime paisible,
l'Indre ne reçoit aucun affluent notable, à cause de la

médiocrité des pluies dans ces plaines sans relief et de leur perméabilité.

Au contraire la **Vienne** (350 km.) a coulé longtemps et avec de fortes pentes sur les granites du Limousin quand, par un coude brusque vers le nord, elle s'en dégage près de l'Isle-Jourdain pour pénétrer dans les plaines du Poitou : son régime, jusque-là torrentiel, n'y est qu'imparfaitement régularisé par les belles sources du calcaire ; puis, après Châtellerault, elle suit une belle vallée entre les plateaux crayeux de Touraine et pénètre dans le Val de Loire après Chinon. — Son grand affluent de droite, la **Creuse**, (255 km.), torrent issu du Massif Central, le quitte à Argenton, mais garde un régime et un lit très irréguliers ainsi que son tributaire de gauche, la *Gartempe* ; celle-ci, sortie des terrains anciens à Montmorillon, reproduit presque exactement l'angle droit tracé par la Vienne ; au contraire, l'affluent de droite de la Creuse, la *Claise*, qui draine les étangs de la Brenne, a des eaux traînantes et troubles comme celles des rivières de Sologne. — A gauche, la Vienne reçoit le **Clain**, rivière caractéristique du Poitou, profonde, pure et tranquille, dont la vallée, dominée par l'éminence de Poitiers, trace vers le Seuil du Poitou la grande voie naturelle vers l'Aquitaine.

Le *régime* du Cher, de l'Indre et de la Vienne présente, à des degrés divers, des caractères communs : maigres en été, ils ont leurs crues en saison froide, après les longues pluies d'automne ou la fonte des neiges au printemps ; la traversée des plaines perméables du Bassin Parisien ne suffit pas à les régulariser, sauf l'*Indre*, qui débite en moyenne 16 mètres cubes et n'atteint que 300 dans ses fortes crues ; mais pour le *Cher*, le débit, normalement de 45 mètres cubes, s'élève jusqu'à 1.700 ; et pour la *Vienne*, qui en roule 70 en moyenne, ses crues portent à la Loire jusqu'à 2.100 mètres cubes ; elle est, après l'Allier, le principal artisan des crues du fleuve.

La Loire reçoit encore à gauche le *Thouet*, rivière irrégulière venue des granites de la Gâtine vendéenne et grossie de la *Dive*, très paisible sur les plaines calcaires de Mirebeau.

b) **Affluents de droite.** — C'est au delà des Ponts-de-Cé que la Loire reçoit la **Maine** ; mais, des trois cours d'eau qui forment cette rivière de 10 kilomètres, *Loir*, *Sarthe* et *Mayenne*, les deux premiers appartiennent au Bassin Parisien.

Le **Loir** (312 km.) est le plus long, mais le moins abondant parce qu'il coule dans la région la moins élevée, arrosée la dernière par les vents océaniques de l'ouest et formée de calcaires perméables. Sorti du Perche, le Loir est surtout alimenté par des sources et n'a que des affluents insignifiants ; il décrit force méandres dans les *Vaux du Loir*, humides et verdoyants, encadrés par deux rangées de collines crayeuses (par Châteaudun et Vendôme). *Très régulier*, le Loir est navigable depuis Château-du-Loir ; il finit dans la Sarthe avec un débit moyen de 25 mètres cubes, de 400 aux plus fortes crues.

La **Sarthe** (280 km.), aussi née dans le Perche, continue vers le sud la direction de la vallée de l'Orne, traverse d'abord la Campagne d'Alençon, puis les sables du Maine oriental, où elle dessine de grands méandres. Son principal affluent, l'*Huisne*, issu du Perche, en arrose les belles prairies et réunit plusieurs cours d'eau dans ce pays pluvieux. Moins longue et moins régulière que le Loir (débit des crues : 500 mètres cubes), la Sarthe est *plus abondante* et reste la rivière principale ; elle est navigable depuis le Mans.

Enfin, la **Mayenne** (195 km.) est déjà un cours d'eau armoricain, encaissé, très abondant et irrégulier (1).

La différence de régime de ces rivières explique que la **Maine** soit un fleuve *bien équilibré*, paisible, remarquable exception dans le réseau de la Loire surtout formée de torrents. A Angers, son débit moyen est de 75 mètres cubes, il ne tombe jamais à moins de 25 et n'atteint que 1 500 aux plus hautes eaux ; sa pente est si faible que la Loire, lors de ses crues, refoule le courant de la Maine sur toute sa longueur en sorte que celle-ci joue alors le rôle régulateur d'un lac ; donc, non seulement elle est navigable mais elle tend aussi à régulariser, plus en aval, le régime de la Loire.

Ainsi grossie de nombreux affluents, de gauche et de droite, la Loire, sortant du Bassin Parisien, s'engage aux Ponts-de-Cé, sur les schistes anciens du Massif Armoricain pour aboutir à l'Océan.

(1) Voir Notice *Bretagne et Région des Bocages*.

GÉOGRAPHIE ÉCONOMIQUE ET HUMAINE

I. — NOTIONS GÉNÉRALES

Le Bassin Parisien, tout en vastes plaines ou en plateaux peu élevés, est une *région surtout agricole* : mais, grâce à la facilité des communications, *l'industrie* a pu s'y développer en certains endroits, principalement au centre, et le *commerce* y a pris une activité très intense, le Bassin Parisien recevant et réexpédiant les produits de presque toutes les parties de la France.

RESSOURCES AGRICOLES. La valeur agricole, qui dépend de la nature du sol, est *très variable* dans le Bassin Parisien.

Forêts. — Les forêts, jadis dominantes, n'ont résisté au défrichement que sur les *sols pauvres* et rebelles à la culture ; elles couvrent encore de grandes surfaces sur les granites du Morvan, les calcaires des plateaux bourguignons, les argiles sableuses de la Champagne humide, de l'Argonne, de la forêt d'Othe, de la Sologne et du Perche, la craie de la Champagne pouilleuse, les sables de l'Ile-de-

France (forêts de Fontainebleau, du Valois), l'argile à silex des plateaux de Touraine, du Thimerais, etc.

Cultures. — Les cultures riches, c'est-à-dire celles des céréales, surtout du **blé**, celles de la **betterave à sucre** et des **plantes fourragères**, sont très florissantes sur les *plateaux calcaires* couverts de *limon* des Régions Centrale et Occidentale : Beauce, Brie, Soissonnais, Picardie, Pays de Caux. — Sur les sols moins fertiles, malgré les améliorations réalisées et le recul de la forêt ou de la lande, ces cultures sont plus médiocres, dans la Champagne, le Gâtinais, la Sologne, le Berri, la Touraine et le Poitou, dont les *vallées alluviales* se prêtent seules aux cultures riches.

La **vigne** ne réussit guère que dans les Régions Orientale et Méridionale, aux étés chauds ; on y distingue surtout trois vignobles : celui de *Champagne* le long de la crête de l'Ile-de-France, celui de *Basse-Bourgogne* sur les coteaux calcaires de l'Auxerrois et du Tonnerrois, celui de la *Loire* sur les flancs crayeux des vallées de Touraine et de l'Anjou. — Dans la Région Nord-occidentale, où l'été n'est pas assez chaud pour la vigne, l'humidité du climat convient très bien au *pommier à cidre*.

Élevage. — L'élevage est partout *actif*, surtout dans la Région Nord-occidentale, qui doit au voisinage de la mer son climat humide, très favorable aux pâturages : élevage des *vaches laitières* dans les grasses prairies de Normandie pour la fabrication des beurres et fromages (Pays de Bray, Pays d'Auge, Bessin) ; élevage des *chevaux* dans le Perche. L'élevage des *bœufs de boucherie* se pratique aussi dans les dépressions marneuses et humides voisines du Morvan, Auxois et Bazois. — Au contraire celui du *mouton* est la grande ressource des pays trop secs (plateaux bourguignons, Champagne pouilleuse, Berri) et une ressource secondaire dans les grandes plaines agricoles où l'on conduit les moutons après la moisson (Picardie, Beauce.)

RESSOURCES MARITIMES. — Le littoral, peu articulé, se prête peu à l'activité maritime, d'autant moins que le

Picard et le Normand sont plutôt sollicités par la richesse agricole de leur pays ; contrairement à ce qui existe en Bretagne, les petits ports qui pratiquent la pêche côtière sont assez distants les uns des autres sur les rivages du Marquenterre, du Pays de Caux et de la Basse-Normandie ; de plus, *Fécamp* arme pour la grande pêche à Terre-Neuve ou en Islande.

RESSOURCES INDUSTRIELLES. — Totalement privé de houille et médiocrement pourvu de minerai de fer, le Bassin Parisien n'a pas une grande activité industrielle ; le sous-sol ne recèle en abondance que les *matériaux de construction* (pierre calcaire, gypse, sable, craie, etc.). Aussi la *grande industrie* n'a pu se développer que dans certaines régions où, grâce aux nombreuses voies de communication, surtout navigables, arrivent facilement la houille du Nord ou de l'Angleterre, le fer de Lorraine, et les matières premières les plus variées de tous les pays du monde par le Havre. Ailleurs l'industrie, réduite à la transformation des produits locaux, est médiocre.

Les industries agricoles les plus importantes sont les *minoteries* de l'Ile-de-France et les *sucreries*, éparses sur les champs de betteraves de Picardie et de Brie.

La principale industrie est celle du *tissage du coton* en Haute-Normandie à Rouen, de la *toise* dans les pays d'élevage du mouton, qui ne fournissent d'ailleurs plus qu'une très faible partie de la matière première ; en Champagne à Reims, à Troyes, dans le Berri, en Haute-Normandie (draperies d'Elbeuf).

L'*industrie métallurgique* n'est active qu'en Champagne à Saint-Dizier, Joinville, dans le Nivernais à Decize, Fourchambault, en Berri à Bourges) et au Havre pour les constructions navales.

Les *industries de luxe*, extrêmement variées, dites « articles de Paris », dominent dans la capitale où sont aussi très développées les industries mécaniques et chimiques.

VOIES DE COMMUNICATION. Facilitées par la disposition convergente des vallées, les voies de communication sont nombreuses dans les grandes plaines du Bassin Parisien.

1° **Voies navigables.** — Après la Plaine du Nord, le Bassin Parisien est la région la mieux desservie de France par les voies navigables, non sans présenter cependant quelques lacunes ; grâce à la convergence des cours d'eau, ces voies navigables rayonnent de Paris dans toutes les directions :

a) Vers la mer, par la *basse Seine* et le canal de Tancarville.

b) Vers le nord et le nord-est, par l'Oise, prolongée par le *canal de Saint-Quentin* jusqu'à l'Escaut et par le canal de la Sambre à l'Oise ; par l'Aisne et le canal des Ardennes jusqu'à la Meuse.

c) Vers l'est, par la Marne, le *canal de la Marne au Rhin* (par les Seuils du Barrois et de Foug) et le canal de la Marne à la Saône (par le Seuil de Langres).

d) Vers le sud-est, par l'Yonne, l'Armançon et le *canal de Bourgogne* menant à la Saône (par le Seuil de Dijon).

e) Vers le sud, par l'Yonne et le canal du Nivernais ; par le Loing et les canaux de Briare et d'Orléans, unissant la Seine et la Loire.

De cette convergence résulte l'importance énorme du *port fluvial de Paris*, le premier de France.

Mais, à part les canaux du Berri, d'intérêt seulement local, les voies navigables font défaut dans les plaines sud-occidentales : faute de profondeur, la *Loire* est impropre à la navigation les trois quarts de l'année et, depuis l'établissement des chemins de fer, a été complètement abandonnée par la batellerie ; aussi le grand projet de la Loire navigable est-il d'importance nationale : sa réalisation rendrait une grande activité aux villes de toute la vallée et aux ports de l'estuaire, et créerait, au profit de la France, une voie économique de premier ordre entre l'Europe centrale et l'Atlantique ; de là l'intérêt des expériences tentées en aval du confluent de la Main, par la Société la *Loire navigable* pour améliorer le lit du fleuve au moyen de petits barrages transversaux le long de chaque rive ; en appliquant les mêmes procédés, de résultats fort encouragéants, le long du bas fleuve jusqu'à Nantes, on reliera à la mer le réseau navigable Loir-Sarthe-Mayenne, jusqu'ici isolé ; plus tard on essaiera de rendre de même la Loire navigable jusqu'à Tours, et, si possible, jusqu'à Orléans.

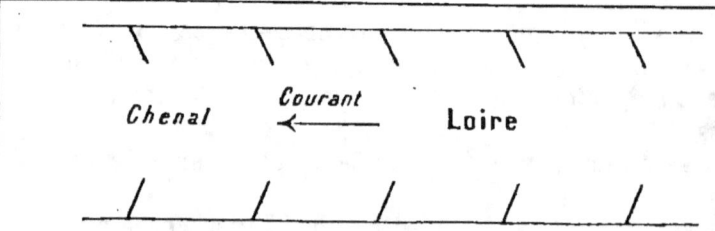

Les barrages transversaux, ou épis, construits de pieux ou d'osier, retiennent les sables charriés par le fleuve ; le courant, rejeté au milieu du lit, y creuse un chenal navigable.

En attendant, c'est à la Manche qu'aboutissent toutes les voies navigables du Bassin Parisien ; et comme le littoral de cette mer est très peu découpé, l'activité maritime se concentre, à part Dieppe (port de voyageurs), à l'embouchure de la Seine, dans les deux grands ports marchands de *Rouen* et surtout du *Havre*, points de convergence des voies navigables du Bassin Parisien et débouchés presque uniques de son commerce vers la mer.

2° Chemins de fer. — Plus nettement encore que les voies navigables, les voies ferrées divergent de Paris, gare centrale de cinq de nos six réseaux.

Les principales lignes sont :

Réseau du Nord : De Paris à Creil, Amiens, Boulogne et Calais (vers l'Angleterre) ;

De Paris à Creil, Amiens, Arras et Lille (vers la Belgique) ;

De Paris à Creil et, par les vallées de l'Oise et de la Sambre, à Saint-Quentin et Maubeuge (vers la Belgique et vers l'Allemagne du Nord) ;

Réseau de l'Est : De Paris à Reims et Charleville (vers la Belgique et le Luxembourg) ;

De Paris à Châlons par la vallée de la Marne et par le Seuil du Barrois, vers Nancy et l'Allemagne du Sud ;

De Paris à Troyes et, par le Seuil de Langres, vers Belfort, le Saint-Gothard et l'Italie.

Réseau du P.-L.-M. : De Paris à Moret et, par les vallées de l'Yonne et de l'Armançon, vers le Seuil de Dijon et le Couloir Rhodanien (vers la Suisse, l'Italie et la Méditerranée) ;

De Paris à Moret et, par la vallée du Loing, vers la Loire, Nevers et Moulins (vers Nîmes).

Réseau d'Orléans : De Paris à Orléans par la plaine de Beauce, à Châteauroux par celles de la Sologne et du Berri (vers Limoges et Toulouse) ;

De Paris à Orléans, Tours par la vallée de la Loire, puis, par le Seuil du Poitou, vers l'Aquitaine et l'Espagne ;

De Paris à Orléans, Tours, et par la même vallée, vers Angers, Nantes et l'Atlantique.

Réseau de l'Ouest-État : De Paris à Chartres et à Saumur, vers Niort et Bordeaux ;

De Paris à Chartres, le Mans par la vallée de l'Huisne, vers Laval et Brest ;

De Paris à Dreux, Argentan, vers Granville ;

De Paris à Mantes, Évreux et Caen, vers Cherbourg ;

De Paris à Mantes, Rouen et le Havre, vers l'Amérique ; ou à Dieppe, vers l'Angleterre.

Quelques lignes importantes relient transversalement ces divers réseaux, par exemple :

La ligne de Calais à Reims, Châlons-sur-Marne, Chaumont et Chalindrey, pour les relations de l'Angleterre vers Bâle et l'Italie, ou vers Marseille et la Méditerranée ;

La ligne d'Amiens à Rouen, pour les relations de la Belgique et de Lille vers le Havre et Cherbourg ;

La ligne de Lyon à Nantes, par Moulins, Nevers, Bourges, et Tours ;

La ligne de Caen à Angers, par Alençon, le Mans et la vallée de la Sarthe, etc.

POPULATION

Avec une surface égale au quart de celle de la France, le Bassin Parisien a 12 millions d'habitants, soit *près d'un tiers de la population française* : la densité générale (88 hab.

au km²) y dépasse donc sensiblement la moyenne de la France (74).

Mais cette population n'est pas également répartie :

Les deux *zones les plus peuplées* sont : la région parisienne (144 hab. au km² en Seine-et-Oise), et la Haute-Normandie, de chaque côté de l'estuaire de la Seine entre Rouen et le Havre.

La *densité* reste *forte* dans les pays d'agriculture riche : Picardie, Ile-de-France, Basse-Normandie, Maine, Anjou, vallées de la Touraine et du Poitou.

Enfin elle est *faible* dans les pays d'agriculture pauvre, surtout en Champagne pouilleuse, Argonne, plateaux de Langres et de Bourgogne, Sologne et Morvan.

Disséminés dans les pays humides où l'on trouve l'eau partout (Morvan, Champagne humide, Brie, Pays de Bray, de Caux, etc.), les habitants se rassemblent au contraire en gros villages dans les pays perméables et secs (Champagne, Picardie, Beauce, Berri, etc.).

Le chiffre global de cette population augmente, mais *seulement dans les villes* et surtout à Paris : entre 1906 et 1911 le département de la Seine a gagné plus de 300.000 habitants, ce qui équivaut presque au gain total de la France (350.000 hab.) ; la plupart des grandes villes augmentent aussi, tandis que *la population des campagnes diminue par émigration* vers Paris et les grandes villes : aujourd'hui ce fâcheux dépeuplement est surtout sensible dans les plaines restées tout agricoles, par exemple en Basse-Normandie, en Picardie, en Bourgogne, en Nivernais, etc.

Faute d'activité industrielle, le Bassin Parisien, relativement à sa surface, a *peu de très grandes villes* : à part **Paris**, la capitale de la France (2.888.000 hab.), trois seulement dépassent 100.000 habitants : **le Havre**, **Rouen** et **Reims** ; dix dépassent 50.000, dont quatre aux environs de Paris : *Saint-Denis, Levallois-Perret, Versailles* et *Boulogne-sur-Seine* ; les autres, *Amiens, Tours, Orléans, le Mans, Saint-Quentin* et *Troyes*, sont des centres régionaux actifs de commerce agricole et d'industrie. Les autres villes, moins importantes, sont surtout des marchés agricoles locaux et, pour quelques-unes, des agglomérations industrielles secondaires.

C'est surtout dans le Bassin Parisien que se sont rencontrées et mélangées les diverses races qui ont constitué la nationalité française ; aussi, tant pour le type physique que pour la langue, l'*unité* est *presque absolue* dans le Bassin Parisien ; les différences d'aspect et de caractère qu'on peut discerner parmi ses habitants tiennent surtout à l'empreinte séculaire de leur genre de vie et de travail.

De toute la France, c'est le Bassin Parisien qui compte la plus forte proportion d'*étrangers*, presque tous réunis d'ailleurs à Paris ou dans le voisinage : dans les quatre départements de la Seine, de la Seine-et-Oise, de l'Oise e de la Marne, on a recensé en 1911, 244.000 étrangers (204.000 dans la Seine), sur 1.132.000 résidant en France.

L'unité physique du Bassin Parisien, l'absence de tout relief heurté dans ses grandes plaines, la convergence des cours d'eau, la facilité des relations entre pays de sol très varié et par conséquent de productions différentes, toutes les conditions naturelles étaient propres à rapprocher les habitants, à « leur inspirer, par la communauté des intérêts, des invasions, des dangers, un sentiment de solidarité réciproque (1) » et leur donner ainsi de bonne heure une *forte unité politique*. Leur puissance, l'influence qui en résultait ne pouvaient guère se tenir limitées aux cadres physiques d'une zone si privilégiée : sa richesse agricole et surtout l'ampleur de ses communications avec les régions voisines la prédisposaient à des *destinées historiques prépondérantes* sur tout le reste de la France.

II. — ÉTUDES LOCALES : LES PRINCIPAUX PAYS

De cette étude générale du Bassin Parisien, on peut tirer les éléments qui permettent de définir avec précision chacun des principaux pays dont il se compose, autrement dit de faire de courtes leçons sur la *Champagne*, sur telle région de l'*Ile-de-France*, sur la *Touraine*, etc. La Carte murale facilitera l'exposé de ces études locales. — Nous

(1) VIDAL DE LA BLACHE, *Tableau de la Géographie de la France*, II.

nous contenterons de rappeler d'un mot les caractères du sol, de la côte, du climat, des cours d'eau, que l'on pourra exposer plus complètement en se reportant à l'étude physique générale ; par contre nous indiquerons avec plus de détails les traits essentiels de la Géographie économique et humaine de chaque pays. — Pour rattacher plus facilement ces études locales à l'étude générale nous suivrons exactement le même ordre que dans la description physique.)

1. RÉGION ORIENTALE. — Les auréoles régulièrement disposées des divers terrains ne diffèrent pas seulement par leur relief ou leur régime hydrographique, mais aussi par leurs aptitudes agricoles et industrielles ; de là la *variété des ressources* mises en valeur par l'homme. Dans l'ensemble de cette Région Orientale, les pays pauvres ou médiocres l'emportent en étendue sur les pays riches ; le contraste entre les uns et les autres est moins frappant que dans d'autres régions du Bassin Parisien comme en Orléanais ou en Touraine, mais il reste très net. D'autre part, la remarquable convergence vers Paris des affluents de la Seine, presque tous navigables, a assuré de bonne heure dans cette région la *prépondérance économique et historique de la capitale*, en même temps qu'elle créait, transversalement, des relations naturelles entre les bandes de pays différents qui s'y succèdent. Malgré l'unité qui en résulte, le sol a imprimé à chacun d'eux des caractères économiques et humains restés très particuliers.

1° Morvan. — Sol granitique ; *relief très accidenté*, surtout par encaissement des vallées ; climat rude et très pluvieux ; très grand nombre d'étangs et de cours d'eau torrentiels.

Forêt. — La grande ressource du Morvan est l'exploitation de la forêt, restée maîtresse d'un sol pauvre et trop siliceux pour convenir à l'agriculture ; les bûches sont transportées par *flottage* sur les cours d'eau, sur la Cure, sur l'Yonne, jusqu'à Clamecy d'où elles sont expédiées par le canal et le chemin de fer, surtout vers Paris. Mais, depuis que la consommation du bois à brûler a diminué dans la capitale, de *petites industries* apparaissent dans le Morvan et utilisent le bois sur place pour diminuer les frais de transport : scieries, fabriques de chaises, tanneries, etc.

Agriculture. — Les *cultures*, longtemps très pauvres, ont été améliorées ; grâce à des amendements de chaux, on a pu remplacer celles du seigle et du sarrasin par celles du blé, surtout dans les vallons fertiles appelés *ouches*. — De même pour l'*élevage des bêtes à cornes* : la race nivernaise a été introduite au Morvan, mais les prairies, souvent tourbeuses, se prêtent mal à l'engraissement du bétail ; on n'y fait donc que commencer son élevage, pendant quelques mois, puis il est vendu aux herbagers des riches dépressions voisines.

Population. — Malgré ces progrès, les ressources restent médiocres et la population *peu nombreuse* (40 hab. au km²) ; elle diminue par émigration vers Paris, notamment des femmes, placées comme nourrices dans les villes. — Comme l'eau ruisselle partout dans ce pays imperméable et que la circulation y est malaisée, cette population est *très disséminée* : bûcherons et éleveurs habitent des hameaux ou des fermes isolées, longtemps misérables, basses et enfouies sous leur toit de chaume, mieux construites aujourd'hui.

Villes. — Le Morvan n'a que de *très petites villes* : à l'époque gauloise, le sommet du Beuvray, commandant les vallées voisines, était couronné par *Bibracte*, capitale militaire du grand peuple éduen, et resta jusqu'à nos jours l'emplacement d'une foire très populaire. — C'est aussi à son ancienne citadelle, dominant l'Yonne, qu'est dû *Château-Chinon*, le principal centre actuel.

2° Auxois et Terre Plaine. — *Dépressions* voisines du Morvan, sol marneux et imperméable ; climat moins rude, mais encore humide.

Ressources. — Ce sont avant tout des *pays d'élevage*. Le sol fertile et bien arrosé est couvert de grasses prairies qui remplacent de plus en plus, surtout en Auxois, les anciennes cultures de céréales : ce sont les prés d'*embouche*, où l'on élève le *cheval de trait* et plus encore les *bœufs* venus du Morvan ; en été ils y restent nuit et jour jusqu'aux foires d'automne, après lesquelles ils sont expédiés sur les marchés de Paris et de Lyon.

De plus les *larges vallées de l'Auxois* assurent les communications du Bassin Parisien et du Couloir Rhodanien : celles de l'Armançon et de la Brenne, dominée par le mont Auxois, l'ancienne Alésia, permettent aux chemins de fer de Paris à Lyon et au canal de Bourgogne de gagner le Seuil de Dijon.

Population. — La population de ces « bons pays » est *plus dense* que dans le Morvan : les villages des éleveurs et agriculteurs sont placés, en plaine le long des cours d'eau, ou au pied des plateaux calcaires perméables sur les lignes de sources. — Quelques-uns, en contact avec les régions voisines, sont devenus de petites **villes** : ainsi, en Auxois, les marchés agricoles où se font les échanges avec le Morvan, surtout de bois et de bétail, *Saulieu* et *Semur*, placés, comme *Arnay-le-Duc* plus au sud, sur des pointements cristallins émergeant des marnes ; — en Terre Plaine, *Avallon* et, sur l'Yonne, *Clamecy*, centre du commerce des bois du Morvan.

3° Plateaux bourguignons et Barrois. — Double bande de *terrasses calcaires* : la première, de calcaire oolithique (plateau de Langres et Côte d'Or), inclinée en pente douce vers la Vallée ; la seconde, de calcaire corallien, s'abaissant vers la Champagne humide ; recevant d'abondantes pluies, elles sont toutes deux entaillées transversalement par les vallées parallèles et profondes de rares cours d'eau, Seine, Marne et leurs affluents.

Agriculture. — Les ressources agricoles sont *très médiocres* sur ces plateaux pierreux et secs. La Montagne et les terrasses du Châtillonnais sont surtout couvertes de *forêts* ; on y pratique aussi les *cultures maigres* (seigle, pommes de terre, que remplacent aujourd'hui les plantes fourragères, et l'élevage du *mouton*, dont la race a été d'ailleurs très améliorée par l'introduction en 1795 de béliers mérinos. — Sur les plateaux coralliens, Auxerrois, Tonnerrois et Barrois, la forêt est encore dominante (forêt de Clairvaux), mais à un degré moindre que sur le plateau de Langres ; le sol est moins pauvre et une véritable richesse agricole apparaît : la *vigne*, qui couvre les flancs des vallées, autour de Tonnerre, de Chablis, d'Auxerre, de Coulange-la-Vineuse, etc. ; dans les vallées mêmes, la culture des céréales et les prairies sont florissantes.

Industrie. — Le sous-sol de ces deux plateaux calcaires fournit partout la *pierre à bâtir*, exploitée en carrière, surtout le long du canal de Bourgogne, et parfois le *minerai de fer* ; comme le combustible ne manquait pas dans ce pays de forêt, les *forges*, alignées le long des cours d'eau, y étaient jadis très nombreuses et très actives : au milieu du xixᵉ siècle la Haute-Marne était la première région de France pour la production du fer. Mais depuis l'emploi de la houille dans la métallurgie et la concurrence du bassin minier lorrain, les hauts fourneaux de campagne ont été éteints en Haute-Marne ; seules les forges ont subsisté : rassemblées dans les villes, elles fabriquent une foule d'objets ouvragés dont la fonte est importée de Lorraine, surtout à Langres (coutellerie), à Châtillon-sur-Seine et dans les villes des confins de la Champagne humide : Joinville, Vassy, Saint-Dizier, Bar-le-Duc.

Voies de communication. — Enfin les voies de communication ont toujours profité des *seuils* ouverts à travers ces plateaux pour unir le Bassin Parisien au Couloir Rhodanien. Comme jadis la route de l'étain et plus tard les voies romaines, les chemins de fer et les canaux remontent aujourd'hui les vallées jusqu'aux brèches des côtes : 1º la ligne de Paris à Nancy et le canal de la Marne au Rhin suivent le Seuil de l'Ornain, à travers le Barrois, vers la Meuse ; — 2º la ligne de Paris à Belfort et le canal de la Marne à la Saône profitent du Seuil de Langres (tunnel de Chalindrey) ; — 3º la ligne de Paris à Lyon et Marseille et le canal de Bourgogne gagnent le Seuil de Dijon (tunnel de Blaisy-Bas, 4 km.). C'est donc une des plus importantes régions de passage de la France, dite *Seuil de Bourgogne* et comparable à celui du Poitou.

Population. — La population est *peu nombreuse* sur ces plateaux pauvres, surtout sur celui de Langres : la densité tombe à 34 habitants au kilomètre carré pour le département de la Haute-Marne, à 18 pour l'arrondissement de Châtillon-sur-Seine, la même que dans les Hautes-Alpes,

un des départements les moins peuplés de la France entière;
c'est que de grandes étendues y sont presque désertes.
— Cette population tend encore à diminuer par émigration
vers les villes.

Alors que les plateaux n'ont que de rares villages groupés autour des puits, les habitants se rassemblent presque
tous *dans les vallées*, dont les ressources sont très variées;
leurs villages, bâtis de belles pierres de taille, se succèdent
le long des cours d'eau à courte distance les uns des autres.
Perpendiculairement, une autre rangée remarquable de villages jalonne la base de la Côte corallienne, où les eaux
reparaissent en sources au contact des argiles oxfordiennes,
exactement comme au pied des Côtes de Meuse sur la
la lisière de la Woëvre, en Lorraine.

Villes. — Les villes, nées sur les lignes de contact des
régions différentes, concentrent leurs échanges en pierre à
bâtir, bois, vins, laine, fer, etc. — Elles forment *trois rangées* :

Sur la première, celle du rebord oriental, *Langres* et *Dijon*
commandent les passages ; aussi sont-ce deux centres commerciaux, surtout Dijon, et deux camps retranchés (pour
Dijon, voir Carte murale et Notice *Couloir rhodanien*);
Langres, ancienne forteresse gauloise, sur un rocher haut
de 473 mètres et dominant la Marne, est un centre de con-
tellerie (10.000 hab.).

La deuxième ligne, dans l'intérieur, jalonne le croisement de la Vallée et des principales rivières : on n'y trouve
que de petites villes, comme *Nuits-sous-Ravières*, sur l'Armançon, *Châtillon-sur-Seine*, **Chaumont** sur la Marne, la
plus importante et chef-lieu de la Haute-Marne, avec
15.000 habitants seulement.

Sur la troisième ligne, c'est-à-dire celle de la bordure
occidentale, les villes sont plus nombreuses ; elles commandent les défilés ou *bars* par lesquels les rivières se dé-
gagent des plateaux calcaires pour descendre en Champagne humide : chaque vallée possède une de ces petites
villes, mais leur rapprochement même a nui à leur développement : **Auxerre**, sur l'Yonne, chef-lieu du département
avec 20.000 habitants, et *Tonnerre*, sur l'Armançon, sont
surtout des entrepôts de vins et de pierres ; *Bar-sur-Seine*,

Bar-sur-Aube, *Joinville*, **Bar-le-Duc**, sur l'Ornain, ancienne capitale du Barrois et chef-lieu de la Meuse (17.000 hab.), sont de petits centres de commerce de bois, de tanneries, de métallurgie.

4° **Champagne humide**. — Sol argileux, imperméable, formant *dépression* où les cours d'eau semblent se donner rendez-vous, surtout les affluents de l'Yonne et ceux de la Marne.

Ressources. — Parcourue par d'innombrables ruisseaux irréguliers et semée d'étangs dans les creux, cette partie orientale de la Champagne forme un ruban de pays très humide entre deux régions très sèches, plateaux bourguignons, Champagne pouilleuse : c'est un bocage verdoyant où la *forêt*, souvent fangeuse, couvre encore de grandes surfaces et est surtout épaisse dans le Der, dont les monastères n'entreprirent le défrichement qu'au xiie siècle; prés, champs et vergers sont bordés de haies.

Sur un sol argileux ou sablonneux les *cultures* sont généralement *médiocres*, sauf dans le Perthois dont les riches terres alluviales conviennent à celle du blé et de la betterave à sucre; dans le Der, on élève des chevaux.

Le sous-sol possède quelques ressources, utilisées par les industries locales jadis alimentées par le bois des forêts : en première ligne le *minerai de fer*, origine de la métallurgie de Saint-Dizier et de Vassy; l'*argile*, employée dans les briqueteries et tuileries; le *sable*, dans les verreries.

Population. — Les habitants, de densité inférieure à la moyenne, sont *très dispersés*, comme dans tous les pays humides; hameaux ou fermes isolées, bâtis de bois, de pisé et de briques, recouvertes de tuiles, se disséminent à l'infini dans la verdure.

Villes. — La Champagne humide n'a de villes qu'en lisière des régions voisines ; elles forment *deux lignes*: la rangée des Bar, d'Auxerre à Bar-le-Duc, au bord des plateaux calcaires; on peut y rattacher, en pleine Champagne humide mais à proximité des précédentes, *Saint-Dizier*, sur la Marne, *Vassy* sur la Blaise, qui sont, comme Joinville, de petits centres métallurgiques utilisant surtout aujourd'hui la fonte de Lorraine. — La seconde ligne de villes, au contact

de la Champagne pouilleuse, est jalonnée par *Saint-Fargeau*
sur le Loing en Puisaye, *Joigny* sur l'Yonne, *Saint-Floren-
tin* sur l'Armançon, **Troyes** sur la Seine, *Brienne*, sur l'Aube
Vitry-le-François sur la Marne ; toutes, à part Troyes, médiocres marchés agricoles.

5° **Argonne**. — Sol argileux, gréseux et résistant, formant une *ligne de hauteurs*; principales rivières : Aisne et
Aire.

Ressources. — L'Argonne est avant tout un pays de
forêts; les cultures, dans les rares clairières ou les petites
vallées déboisées, sont pauvres (seigle, pommes de terre); la
forêt est restée pour ainsi dire l'unique ressource; les habitants, bûcherons, charbonniers, scieurs et marchands de bois,
sont peu nombreux et très dispersés, même isolés dans les
forêts. — La *verrerie*, l'ancienne industrie locale, due aux
sables argileux, a presque disparu.

Passages. — Moins que l'altitude des croupes argileuses,
leurs épaisses forêts, leur sol, détrempé et marécageux
après chaque pluie, leurs vallées, parallèles du nord au
sud, ont fait de l'Argonne une *zone de séparation* entre la
Lorraine et la Champagne; longtemps frontière entre le
Royaume de France et le Saint-Empire romain germanique,
elle a pris en plusieurs circonstances une certaine importance stratégique, surtout en 1792. — Les principales routes
ou défilés sont : au sud celles des *Islettes* et de la *Chalade*; au
nord celles de *Grand-Pré*, de la *Croix-aux-Bois*, du *Chesne*.

Villes. — L'Argonne n'a que de *très petites villes*, placées
sur ses bordures, en face des passages les plus importants :
au sud, *Sainte-Menehould*, sur l'Aisne, voisine de Valmy et
des grandes plaines de la Champagne pouilleuse, et *Clermont*, sur l'Aire, au contact des plates-formes calcaires découvertes menant à la Meuse, tiennent les deux extrémités
du principal défilé, celui des Islettes, où passent la route et
le chemin de fer de Paris et de Châlons-sur-Marne à Verdun
et à Metz; *Varennes*, sur l'Aire, devant la Chalade, où vint
échouer la tentative de fuite de Louis XVI, le 21 juin 1791;
Vouziers, sur l'Aisne, en face des trois routes du nord dont
la principale, le Chesne, est franchie par le canal des
Ardennes, de l'Aisne à la Meuse.

6º **Champagne pouilleuse.** — *Grande plaine monotone* de craie très perméable, que les fleuves traversent par de larges vallées effacées.

Ressources agricoles. — Le sol, très sec, est naturellement *très pauvre* ; jadis c'était un steppe aride où la verdure n'apparaissait que le long des rares cours d'eau dus aux fortes sources de la craie, appelées *sommes* ; la partie la plus misérable s'étend au nord de la Marne jusqu'à la Suippe : c'était une vaste lande blanchâtre où ne poussait qu'une herbe courte, qui resta longtemps sans aucune culture et ne servait qu'à l'élevage du mouton ; le peu de valeur de la terre a permis d'y établir de grands camps militaires, comme celui de Châlons.

Leurs progrès. — Mais la Champagne a été radicalement transformée au XIXᵉ siècle ; grâce aux engrais chimiques, on a pu amender et améliorer le sol, surtout le long des rivières, et le rendre apte à la culture des *céréales*, même du blé mais surtout de l'avoine, à celle des *plantes fourragères* et même de la *betterave* dans les régions où la craie est recouverte d'une mince couche de limon comme dans le Rethelois au nord ; — on a boisé systématiquement les landes plus ingrates et créé d'immenses *forêts de pins* disposées en rectangles, très giboyeuses, qui fournissent de plus les poteaux de mines et le bois de boulangerie ; — enfin l'élevage du *mouton* a été perfectionné par amélioration de la race ; il se pratique surtout dans les champs de céréales après la moisson. Aujourd'hui la Champagne pouilleuse ne mérite plus son nom et s'est réellement enrichie.

A ses deux extrémités, septentrionale et méridionale, les débris argileux superficiels font reparaître un relief accidenté et l'humidité : en *Thiérache* au nord, dans la *Forêt d'Othe* et le *Sénonais* au sud, les croupes sont couvertes de forêts entre lesquelles s'étendent des oseraies et de riches pâturages en Thiérache, des vergers surtout de pommiers dans la Forêt d'Othe.

Vignoble de Champagne. — Enfin sur la lisière occidentale de la plaine crayeuse, les flancs de la Crête de l'Ile-de-France sont, grâce à la culture de la vigne, *la partie la plus riche de la Champagne*, non seulement parce que le sol sec et poreux donne au raisin des qualités particulières, mais aussi parce qu'une manipulation très perfectionnée, véritable industrie, sait en faire des vins mousseux de grande valeur. Contrairement à la règle générale, les vignerons ne s'occupent ici que de la culture : la récolte est achetée par les industriels qui préparent les vins mousseux dans d'immenses *caves* creusées dans la craie et organisées comme des usines, notamment à Reims et à Épernay. Cette industrie agricole est très florissante et alimente une active exportation à l'étranger, en dépit de la concurrence des produits similaires dénommés « Champagnes » et surtout fabriqués en Allemagne.

Le vignoble de Champagne, allongé de l'Aisne au Petit-Morin, comprend plusieurs zones : au nord la *Montagne de Reims* (Sillery), au centre la *Rivière de Marne* exposée en plein midi (Ay), la *Côte d'Épernay* ; au sud la *Côte d'Avise* jusqu'à Vertus. Au sud du Petit-Morin, les vins n'ont plus la même valeur.

Industrie. — Les industries champenoises traitent généralement les produits locaux, comme les *minoteries de Troyes*. — La seule grande industrie, le *tissage de la laine*, est due à l'élevage traditionnel des moutons en Champagne ; mais aujourd'hui presque toute la matière première vient d'Amérique, ainsi que le *coton*, dont le tissage s'est introduit en Champagne à côté de celui de la laine : Reims est le second centre français (après Roubaix) pour la fabrication des lainages ; Troyes, Romilly-sur-Seine et les bourgs du Pays d'Othe (Aix en Othe) font la bonneterie de laine et de coton.

Commerce. — Au point de vue commercial la situation de la Champagne et la facilité des communications dans ses grandes plaines en ont fait jadis le rendez-vous du trafic des provinces voisines : Ile-de-France et Lorraine, Flandre et Bourgogne ; de là l'importance, au Moyen Age, des grandes *foires* champenoises, surtout de celles de Troyes ; mais la centralisation vers Paris des routes et plus tard des chemins de fer a écarté de la Champagne le grand commerce.

Population. — La population a une densité fort *inférieure à la moyenne* (densité générale : 50 hab. au km²), moindre encore si l'on ne considère que les campagnes. Elle est assez inégalement répartie : les plaines arides sont très peu habitées et la densité y descend parfois au-dessous de 15 au kilomètre carré ; les rares villages, strictement groupés, se blottissent dans les creux de terrain où le forage des puits est plus facile ; c'est le long des cours d'eau que se rassemble la majeure partie des habitants, dont les villages s'alignent jusqu'à se toucher et forment une rue continue. — La Forêt d'Othe est assez peuplée. — Enfin une large bande de fort peuplement longe la Crête de l'Ile-de-France, grâce au vignoble (plus de 100 hab. au km²). On voit qu'à part l'humide Forêt d'Othe où les habitants sont dispersés, la Champagne est un des pays de France où la population est le plus fortement *concentrée* en gros villages.

Villes. — Les villes sont relativement rares dans un pays beaucoup plus rural qu'industriel ; elles s'alignent en *trois rangées :*

Les premières, aux confins de la Champagne humide, ont été déjà citées : la principale, **Troyes** (55.000 hab.), sur la Seine, jadis champ de foires célèbres et capitale politique de la Champagne, doit son activité actuelle à son industrie textile de laine et coton.

Une seconde ligne est formée par les villes situées au milieu de la plaine, chaque vallée ayant ainsi sa petite capitale : *Sens,* sur l'Yonne au confluent de la Vanne, ancienne grande étape du commerce et longtemps la métropole religieuse du Bassin Parisien ; *Romilly,* sur la Seine au confluent de l'Aube, *Arcis-sur-Aube,* **Châlons-sur-Marne,** peuplé de 31.000 habitants grâce surtout à son importance militaire (chef-lieu du VIe Corps) ; *Réthel*-sur-l'Aisne.

Enfin une troisième ligne de villes, les plus importantes, suit le pied de la Crête de l'Ile-de-France : *Montereau,* au confluent de la Seine et de l'Yonne ; *Provins, Nogent-sur-Seine, Sézanne,* petits marchés agricoles ; puis les villes du vignoble : *Vertus, Avize, Ay,* **Épernay,** grand centre viticole (21.000 hab.), et surtout **Reims** (115.000 hab.), la plus grande ville de la Région Orientale du Bassin Parisien. Dans un site très favorisé par le rapprochement de régions fort différentes (plaines de Champagne, plateaux d'Ile-de-France), par le croisement des routes de Paris vers la Lorraine avec celles de Bourgogne et de Champagne vers la Flandre et l'Angleterre, par une ceinture de hauteurs toutes proches et de défense facile, par l'abondance des matériaux de construction, Reims fut toujours une manière de capitale pour la Champagne du nord, une grande cité romaine, puis la métropole religieuse du Royaume et la ville du sacre royal. Les raisons qui justifient son ancien rôle historique ont amené son essor économique actuel, où un vaste mouvement commercial s'ajoute à son activité locale de la préparation et de la vente des vins et du tissage de la laine ; c'est un camp retranché dont les ouvrages couronnent la Crête de l'Ile-de-France et les buttes-témoins qui la précèdent.

A l'extrême nord de la Champagne et aux confins de la Picardie, l'humide **Thiérache** a une population de vanniers et d'éleveurs dispersés en fermes isolées ou en hameaux ; les principales localités sont des marchés agricoles comme *Vervins*, *la Capelle*, *le Nouvion*, dont les forêts annoncent celles de l'Ardenne ; plus peuplés sont *Hirson*, important croisement des voies ferrées de l'Est et du Nord, et *Guise*, petit centre industriel et métallurgique à l'entrée de la vallée de l'Oise.

II. — RÉGION MÉRIDIONALE.

— Les plaines arrosées par la Loire forment transition de la région parisienne au Massif Central et à l'Aquitaine. Dans ces plaines, en grande partie recouvertes des sables granitiques du Massif Central mais interrompues par de larges vallées alluviales, *le contraste entre les pays pauvres et les pays riches* est plus net que dans la Région Orientale ; l'infertilité des uns, d'où s'écarte l'homme, isole les unes des autres les parties plus accueillantes, circonstances qui furent de grande conséquence historique. Ainsi, bien que le *Berri* soit au centre géométrique de notre pays, bien que les Bituriges aient été un des plus puissants peuples gaulois, leur pays, séparé de la région parisienne par les forêts et les marécages de la Sologne, incliné au contraire vers l'ouest par le cours même de ses rivières et ne communiquant facilement qu'avec le nord-est ou le sud-ouest, le long de la grande auréole de calcaire jurassique, n'a joué dans l'histoire que le rôle effacé d'un intermédiaire naturel entre la Bourgogne et l'Aquitaine. — Plus brillantes parurent un instant les destinées des pays situés au-delà des forêts de Sologne, des *riches vallées de l'Orléanais* qui, au temps des premiers Capétiens, semblèrent propres à fixer le centre de notre histoire, puis de celles de la *Touraine*, séjour préféré de la Cour et des artistes de la Renaissance. Finalement, ce n'est point là que s'est établie la capitale politique de la France ; entre ces riantes vallées, les plateaux, dépourvus du fertile limon des plaines voisines de Paris, sont pauvres et parfois hostiles à l'homme ; la valeur économique générale, très inférieure, a donc laissé la prépondérance aux habitants des rives de la Seine. — C'est surtout comme *zone de passage* que ces plaines de la Loire ont joué un grand rôle historique : elles fournissaient aux gens de Paris les routes naturelles vers Lyon et l'Auvergne par les vallées de la Loire et de l'Allier, et surtout vers les plaines du sud-ouest et l'Espagne par les vallées de la Touraine et du Poitou. A cette « porte de peuples » se sont rencontrées, d'abord hostiles et finalement réconciliées dans l'unité française, deux influences principales : celle de la France du Nord et du germanisme, celle de l'Aquitaine et du Midi ibérique (1).

Cette Région Méridionale du Bassin Parisien est *presque uniquement agricole* ; l'industrie n'y apparaît qu'exceptionnellement ; aussi la population est-elle partout inférieure à la moyenne générale de la France ; elle diminue progressivement et les villes, pour la plupart simples marchés agricoles, restent toutes au-dessous de 75.000 habitants.

1º **Nivernais.** — **Ressources.** — Entre le Morvan et la Loire, le Nivernais, de sol très varié et accidenté, présente une grande diversité de ressources, assez étroitement localisées ; c'est à la fois un pays de *forêts*, de riche *élevage* de bœufs et de chevaux sur les prés d'embouche du Bazois, de *vignes* sur les coteaux calcaires et pierreux (vins blancs de Pouilly), de *sources minérales*, dues aux dislocations du sol (Saint-Honoré, Pougues), de mines de *fer* et même de *houille* (Decize et la Machine). — Aussi la *métallurgie*, qui utilise aujourd'hui surtout les minerais du Berri et le charbon du Massif Central mais qui dispose

(1) D'après VIDAL DE LA BLACHE.

d'une main-d'œuvre habile, est-elle restée florissante à Decize, Imphy, Fourchambault, la Charité le long de la Loire, la Chaussade et Guérigny sur la Nièvre ; la *céramique*, qui emploie la terre à porcelaine du pays, est toujours active à Nevers. — Ce développement industriel est favorisé par un ensemble de *voies navigables* unique dans la Région Méridionale du Bassin Parisien : canal latéral à la Loire, canaux du Berri et du Nivernais.

Population. — La population, *assez dense* et diverse comme les ressources mêmes, comprend des bûcherons dans les forêts, des éleveurs dans les gros villages du Bazois, des vignerons au pied des côtes calcaires, des mineurs et des ouvriers groupés dans les centres industriels.

Villes. — Des villes nivernaises, deux ont toujours eu une importance particulière : **Nevers** (28.000 hab.), bâti sur un éperon calcaire dominant la Loire au confluent de la Nièvre, tout près de celui de l'Allier et commandant toutes les routes du pays, en fut de bonne heure la capitale, alors que la variété de ses ressources naturelles en fit un petit centre commercial et industriel ; *Cosne*, qui fut un bourg celtique, gardait un des plus anciens passages de la Loire, dit « Chemin de Jacques Cœur » ; ce n'est que par ces plates-formes calcaires et découvertes qui unissent la Bourgogne au Berri et que la Loire traverse entre la Charité et Cosne, qu'ont pu s'établir de faciles relations entre les Régions Orientale et Méridionale du Bassin Parisien.

2° Berri. — De formes générales plus simples et plus amples que le Nivernais, la province historique du Berri réunit cependant plusieurs pays très différents :

a) **Val**, **Boischaut** et **Brenne** : sol marneux ou sablonneux, pays humides.

La dépression du Val et le Boischaut sont des pays bocagers, où les prés d'embouche et les riches cultures voisinent avec les forêts et les landes ; *l'élevage* reste la principale ressource. Ainsi cette bande verdoyante fait transition, par son aspect et son genre d'activité agricole, entre le Massif Central et la Champagne berrichonne. — La population, principalement formée d'éleveurs, est très dispersée, et les **Villes**, surtout marchés agricoles, se sont placées sur les collines du pourtour, comme *Saint-Amand-Montrond*, antique forteresse postée sur le rebord calcaire de la Champagne berrichonne dominant le Val; *Châteaumeillant, la Châtre* sur l'Indre et *Argenton* sur la Creuse, qui jalonnent le talus septentrional des terrains cristallins du plateau de Boussac.

La **Brenne** est un pays de *landes* et de *forêts* étendues entre la Creuse et la Claise; les étangs y ont été multipliés au xve et au xvie siècle, la pêche étant, sur ce sol ingrat, plus rémunératrice que la culture. Encore pauvre, ce pays a été amélioré et assaini par des travaux de drainage qui ont transformé les marais en pâtures et en vergers. — La population, toujours dispersée, est très peu nombreuse; la seule ville, *le Blanc*, sur la Creuse, est en dehors de la région des étangs, au contact de la plaine calcaire du Poitou.

b) **Champagne berrichonne.** — Sol calcaire très perméable; *grande plaine monotone*, traversée par le Cher et l'Indre.

Ressources. — Les campagnes sèches de cette partie centrale et principale du Berri sont seulement fertiles quand le calcaire est recouvert de limon, d'ailleurs peu épais; là, on cultive les *céréales*, surtout le blé; ailleurs, le sol pierreux ne se prête guère qu'à l'élevage du *mouton* d'où dérivent les industries locales: tissage du drap à Châteauroux, mégisserie à Issoudun et Levroux. — Le sous-sol possède du minerai de fer, origine de la *métallurgie* de Bourges et de Vierzon, alimentée par la houille du Massif Central; enfin des fabriques de *céramique* et de *verrerie* complètent l'activité du Berri, qui est, avec le Nivernais, la seule région partiellement industrielle des Plaines de la Loire.

Population. — Cependant la densité de la population, qui diminue lentement, est partout *inférieure à la moyenne,* et tombe à 35 sur les plaines sèches, où les villages, très rares, se serrent étroitement autour des puits; la plupart des habitants se concentrent dans les vallées; de même les **Villes** qui recherchaient, dans ces vastes plaines, des positions favorables à la fois à la défense et au commerce: certaines sont situées sur des escarpements dominant les

fleuves, comme *Châteauneuf-sur-Cher* : d'autres autour
d'antiques forteresses qui commandaient le passage des rivières, comme **Châteauroux** (23.000 hab.) et *Issoudun* ; la
principale, **Bourges** (45.000 hab.), vieille cité gallo-romaine
enveloppée par les bras marécageux de l'Yèvre et de l'Auron, est restée la capitale du Berri (Cours d'appel) : chef-lieu
du VIIIe Corps, elle possède aujourd'hui d'importants établissements militaires, pyrotechnie, fonderie de canons, qui
forment comme une ville à part ; dans les grandes plaines
voisines, le camp d'*Avord*.

c) Le **Sancerrois**, en contraste très net avec la Champagne berrichonne, est un pays de relief accidenté, d'aspect agreste, couvert de grandes *forêts* sur ses hauteurs,
de *vignes* réputées sur ses coteaux, de *cultures* et de *pâturages* entourés d'arbres dans ses fraîches vallées aux
nombreux ruisseaux. — Dans ce bocage, prolongement de la
Champagne humide, la population se disperse en hameaux.
La principale **Ville**, *Sancerre*, est campée sur une éminence
dominant de plus de 150 mètres la Loire et le passage de
Bourgogne en Berri par Cosne : aussi fut-ce jadis une des
plus puissantes forteresses protestantes de la France centrale ; *Henrichemont*, création de Sully, aujourd'hui ville
de tanneries, est plus à l'écart, sur le plateau. Cette bande
boisée du Sancerrois se poursuit jusqu'à **Vierzon**, sur le
Cher au confluent de l'Yèvre, le plus grand centre industriel du Berri, desservi par les canaux et au point de croisement des lignes ferrées Paris-Toulouse et Lyon-Nantes ;
métallurgie, verrerie, céramique (24.000 hab.).

3° **Poitou**. — *Plateaux calcaires*, souvent recouverts de
sables tertiaires, continuant l'auréole jurassique entre les
terrains anciens du Limousin et ceux de la Gâtine vendéenne ; entamés par les rares, mais profondes et humides
vallées de la Vienne et de ses affluents.

Ressources. — Jadis les *forêts* ou les *brandes*, landes
d'ajoncs, de genêts et de bruyères semées d'étangs, cou-
vraient les sables des plateaux. Mais la forêt a été en grande
partie défrichée, les étangs desséchés et le sol, amendé de
calcaire et de marne, a été, après un demi-siècle de rude
labeur, rendu apte à la *culture*, notamment de l'avoine,

puis du blé. Pourtant ni la brande ni la forêt n'ont complètement disparu, surtout au sud-est, c'est-à-dire au voisinage du Massif Central et, partout, ce pays reste bien garni d'arbres. — L'*élevage* du mouton et particulièrement celui de l'âne et du mulet domine sur les plateaux secs; celui du bœuf et des vaches laitières dans les plantureuses prairies des vallées.

Le sous-sol n'a d'autres ressources que la belle pierre de taille; aussi l'industrie est un fait exceptionnel, comme la manufacture d'armes et la coutellerie de Châtellerault, quelques tissages de laine.

Par contre le *Seuil du Poitou*, jadis grande voie historique, est aujourd'hui un des grands passages du commerce intérieur de la France, reliant le Bassin Parisien à celui d'Aquitaine par le chemin de fer de Paris à Bordeaux par Poitiers.

Population. — Sur ces grandes plaines tout agricoles et sèches, la population est de *densité assez faible* (40 à 50 hab. au km^2) mais ne diminue guère; les habitations sont fortement *groupées* en gros villages situés pour la plupart dans les vallées humides. C'est surtout par là que ce Haut-Poitou diffère du Bas-Poitou vendéen, de population dispersée à l'infini comme dans tous les Bocages; tandis que celui-ci fut le pays des Blancs, celui-là fut le pays des Bleus.

Villes. — Dans cette région de passage, les anciennes villes se sont placées sur des éminences stratégiques commandant les routes naturelles; ainsi *Lusignan* et surtout **Poitiers** (40.000 hab.): juché sur un promontoire presque entouré par les vallées du Clain et d'un affluent, Poitiers fut la clef du passage où se décidèrent plusieurs fois, au temps de Clovis à Vouillé, de Charles-Martel et de Jean le Bon, les destinées de la France; aussi fut-ce toujours la capitale du pays dont il est resté le centre administratif, avec la Cour d'appel et de grands établissements d'artillerie, et le principal marché, grâce aux chemins de fer qui s'y croisent.

Châtellerault (20.000 hab.) est la seule ville industrielle du Poitou; les autres ne sont que des marchés agricoles, comme *Loudun*, *Richelieu*, *Mirebeau* et *Neuville* au nord; *Montmorillon*, à l'est, sur la Gartempe; *Civray* au sud, sur

la Charente ; au sud-ouest, *Melle*, grand commerce de mu-
lets, *Saint-Maixent* avec son école militaire et enfin **Niort**
(23.000 hab.), sur la Sèvre Niortaise, de ressources plus
variées et plus animée au contact du Marais poitevin et à
proximité de la Gâtine.

4° Orléanais. — Province historique, l'Orléanais réunit
deux sortes de pays très différents : les hautes terres sablonneuses, argileuses et marécageuses de la Sologne et
de la Forêt d'Orléans, et, entre les deux, le sillon alluvial
du Val de Loire.

a) **Sologne.** — *Pays d'étangs*, agrandis par les pluies
d'hiver, en été rétrécis et partiellement transformés en marécages traversés lentement par les eaux traînantes du Cosson,
du Beuvron et de la Sauldre, la Sologne, prospère jusqu'aux
guerres de Cent Ans et de Religion, fut, pendant plus de
deux siècles, un des plus pauvres et des plus insalubres
pays de France. Jusque vers 1855, on n'y voyait qu'étangs,
landes ou forêts et sa population était rare et fiévreuse
(24 hab. au km²). — C'est alors que fut entreprise la
transformation de la Sologne par travaux de drainage qui
ont diminué d'un quart la surface des étangs et des quatre
cinquièmes leur nombre en supprimant les plus petits, toujours intermittents, par plantation de grandes forêts de
pins sur les landes infertiles, par amendements calcaires
apportés par voie ferrée ou extraits de la craie même du
sous-sol ; la métamorphose a été complète : aujourd'hui la
Sologne est un *pays salubre* où la surface improductive
n'en est plus que la douzième partie, où l'on cultive les
céréales, même le *blé* qui a remplacé le seigle, sur des
champs dont l'assèchement est assuré par des rigoles de
drainage, où l'on élève le gros bétail, mais surtout les volailles et les moutons, de race améliorée, où l'on expédie
à Paris le bois des forêts, louées pour leur chasse de même
que les étangs pour leur pêche : aussi beaucoup de Parisiens installent-ils leurs villégiatures dans ce pays giboyeux,
tout comme jadis les hôtes princiers de Chambord.

Population. — En conséquence, la population a sensiblement *augmenté*, mais sans que sa densité puisse dépasser 30 hab. au km² ; les anciennes « locatures » de tor

chis et de bois ont disparu et les maisons actuelles, surtout disséminées dans ce pays humide, sont bâties de briques, couvertes de tuiles, confortable et propres. — Mais les **Villes** sont restées très peu importantes ; l'intérieur ne possède que quelques gros bourgs, prospères marchés agricoles comme *la Ferté-Saint-Aubin, la Motte-Beuvron,* centre de l'œuvre de régénération du pays, *Salbris ;* la seule véritable ville, à la lisière méridionale de la Sologne, est *Romorantin,* sur la Sauldre (8.000 hab.), qui fabrique de la lingerie et tisse la laine des moutons indigènes.

b) **Forêt d'Orléans.** — La zone sablonneuse qui reparaît au nord de la Loire est toute boisée, mais sans hautes futaies, c'est la forêt d'Orléans, surtout étendue en amont de cette ville et couvrant 40.000 hectares ; interrompue plus en aval, elle recommence dans la grande *forêt de Marchenoir,* allongée jusqu'au Loir. — Ce pays de chasse n'est habité que sur son pourtour : *Cercottes, Neuville-aux-Bois, Beaune-la-Rolande* jalonnent la lisière de la Beauce.

c) **Val de Loire.** — *Large vallée incurvée,* creusée par le fleuve dans le calcaire de Beauce, puis dans la craie de Touraine.

Ressources. — Cette bande alluviale, encadrée de coteaux, contraste radicalement, par son aspect riant et sa fertilité, avec les forêts sévères et pauvres qui l'environnent. Grâce à la richesse du sol et à la douceur d'un climat attiédi par les influences de l'Océan qui pénètrent par la vallée de la Loire, les *cultures* y sont florissantes : dans les fonds, céréales, cultures maraîchères, pépinières qui fournissent les parcs de nombreux pays étrangers ; sur les coteaux calcaires, la *vigne ;* parfois de grands domaines seigneuriaux, leurs châteaux, leurs imposantes futaies ajoutent encore à l'aspect opulent de cette vallée.

Population. — La population, *très dense* (plus de 100 hab. au km²), se disperse en fermes, bâties de cailloux et de briques et isolées sur les terres humides du Val ; mais elle se rassemble en villages, alignés en deux rangées au pied des coteaux.

Quelques-uns sont devenus des **Villes**, presque toutes sur la rive droite, longée de plus près par le rebord calcaire qui offre un site favorable au-dessus des inondations du fleuve : ce furent primitivement des marchés fluviaux dont les maisons s'allongent parallèlement à la rive : *Briare* (d'où part le canal vers la Seine), *Gien*, *Sully-sur-Loire*, *Châteauneuf-sur-Loire*, *Olivet*, centre de pépinières, puis **Orléans** qui a pris une importance exceptionnelle : au sommet de la boucle de la Loire, à 120 kilomètres seulement de Paris, Orléans marque, pour les routes qui en viennent par les plaines découvertes de Beauce, leur point de divergence, soit vers Lyon en remontant le fleuve, soit vers Bordeaux en le descendant, et, dans des directions intermédiaires, vers l'Auvergne par l'Allier et le Limousin par le Berri. C'est donc par Orléans que Paris s'est rattaché historiquement et de bonne heure au Centre et au Midi de la France ; les champs de bataille, si nombreux dans le voisinage, rappellent ce rôle, décisif au temps d'Attila et de Jeanne d'Arc comme en 1870 (Patay, Coulmiers, Beaune-la-Rolande) ; des mêmes raisons résulte le rôle économique d'Orléans, dont la gare, aux Aubrais, est la bifurcation de toutes les lignes du réseau qui porte son nom même. Mais l'inutilité de la Loire a enrayé son développement : malgré son négoce de transit, malgré son commerce de plants et son industrie locale du vinaigre, malgré son rôle administratif (chef-lieu du V° Corps, Cour d'appel), Orléans n'a pas l'activité d'une grande ville et sa population (72.000 hab.) n'augmente guère.

En aval d'Orléans, l'alignement des villes se continue sur la rive droite, avec *Beaugency*, *Mer* et **Blois** (24.000 hab.), marché agricole assez actif : son célèbre château, dont l'élégante variété reflète tout l'art de la Renaissance française, est le royal vestibule des vallées et des châteaux de la Touraine, dont *Chambord*, au contact des mélancoliques paysages de Sologne, est comme l'avancée.

5° **Touraine.** — *Plateaux crayeux*, mais recouverts de sable et d'argile et entamés en *profondes vallées* par la Loire, le Cher, l'Indre et la Vienne ; climat doux, aux printemps précoces, aux étés chauds.

Ressources. — Le contraste du sol se marque surtout par les différences de valeur agricole et de peuplement : sur la Gâtine et la Champeigne de Touraine, sur le plateau de Sainte-

Maure, trop argileux ou sablonneux, caillouteux et imperméables, semés d'étangs, s'étendirent longtemps d'épaisses *forêts* que l'homme n'entama que tardivement (xi⁰ siècle) et qui lui ont résisté sur de grandes surfaces (forêts d'Amboise, de Chinon, de la Gâtine) ; le défrichement a permis cependant d'y introduire les *cultures maigres*, grâce surtout aux amendements calcaires fournis par les faluns déposés par la mer tertiaire et abondants sur le plateau de Sainte-Maure.

Au contraire, les vallées sont plantureuses, avec leurs coteaux plantés d'arbres fruitiers et surtout de *vigne* (vin frais et léger, parfois mousseux, de Vouvray, de Bourgueil, de Saumur), avec leurs fonds alluviaux, appelés « varennes », d'une merveilleuse fertilité, tout en prairies, en champs de *céréales*, en *pépinières*, en *vergers* ou en *cultures maraîchères*. Ces vallées seules ont valu à la Touraine son surnom classique de « Jardin de la France », si brillant au xvi⁰ siècle, où elle fut, plus que Paris même, le centre de la civilisation française, ainsi qu'en témoignent encore les magnifiques châteaux des derniers Valois, Amboise, Chenonceaux, Azay-le-Rideau et tant d'autres. Mais la splendeur de ces vallées ne doit pas faire illusion : elles ne sont que des exceptions dans un pays de valeur agricole généralement médiocre.

La Touraine n'a pour ainsi dire *aucune industrie*, faute de houille et de voies navigables : le tissage de la soie, prospère à Tours au xvi⁰ siècle, a presque totalement disparu ; sur la Gâtine, les tanneries de Châteaurenault utilisent l'écorce des chênes de ses forêts.

Mais le pays a toujours eu une *grande importance commerciale* ; ses vallées convergentes forment chemin naturel de Paris vers l'Aquitaine ; comme jadis aux voies romaines, il suffit aux voies ferrées qui ont longé la Loire, de franchir l'extrémité amincie des plateaux de Touraine pour gagner la vallée de la Vienne et le Seuil du Poitou.

Population. — La population de la Touraine n'est, au total, que de *médiocre densité*, mais elle augmente quelque peu. — Sur les plateaux, où la vie est rude, bûcherons ou pauvres cultivateurs sont très clairsemés (40 hab. au km²) ; la seule ville, *Châteaurenault*, est un centre d'anciennes et et actives tanneries. — Au contraire, dans les vallées riantes, de vie facile, la population est nombreuse : les villages se succèdent presque sans intervalle en se serrant au pied des coteaux crayeux dans les flancs desquels sont creusées beaucoup de caves, d'étables, et même de demeures confortables ; inversement, les maisons se dispersent sur les riches alluvions des varennes.

Villes. — Dans ces vallées, les villes sont *nombreuses*, d'aspect prospère, souvent dominées par quelque château, mais d'activité économique restreinte. Dans la vallée de la Loire, *Amboise*, *Vouvray*, centre de commerce des vins, **Tours**, qui a toujours été la capitale du pays parce qu'il est au point où convergent les vallées de la rive gauche et où la grand'route de Paris quitte la Loire vers l'Aquitaine ; bâti dans l'admirable position défensive que constitue la bande alluviale bordée par les deux fossés de la Loire et du Cher, voisin de carrières de craie, Tours fut une importante cité gallo-romaine, puis un des sanctuaires les plus populaires de la chrétienté. Mais depuis la ruine de son industrie des soieries et l'abandon de la Loire par la navigation, Tours a décliné, comme Orléans et Blois ; sa population (73.000 hab.) augmente à peine. — En aval de Tours s'alignent les villes qui font le commerce des vins ou des fruits : *Langeais*, *Bourgueil*, *Candes* au confluent de la Vienne, qui fournit les pruneaux de Tours. — Dans la vallée de l'Indre, *Loches* et *Azay-le-Rideau* ; dans celle de la Vienne, *Chinon*, au pied de leurs châteaux.

III. RÉGION CENTRALE. — Dans la Région Centrale du Bassin Parisien, le grand plateau tertiaire, lentement relevé vers le nord-est et plus ou moins entamé par l'érosion, présente une extrême *variété d'aspects et de ressources* : les forêts, autrefois dominantes, se sont maintenues sur les pays sablonneux ou les pentes de grès, tandis que les cultures ont pris possession des plateaux de calcaire à limon et des vallées ; de là morcellement en *nombreux petits pays*, dont les premiers Capétiens, maîtres du site décisif, firent l'unité : c'est là en effet que la disposition convergente des cours d'eau, trait caractéristique et prin-

cipal de cette géographie parisienne, a suscité, au milieu
de riches cultures, les progrès d'une ville, d'abord capitale
locale, puis *capitale de la France*. — De même aujourd'hui
c'est à ce réseau fluvial que le pays parisien, ainsi relié à
la plupart des autres régions françaises et surtout à la zone
industrielle du Nord, doit d'avoir échappé à la décadence
habituelle aux pays tout agricoles ; il a de *nombreuses
villes*, médiocres sans doute, car l'attraction de la capitale
a nui à leur progrès : ce sont de petits centres de commerce rural et d'industrie, où se rassemble de plus en plus
la majeure partie des habitants, tandis que la population
des campagnes, en voie de diminution, se répartit assez également avec la faible densité de 40 à 50 au kilomètre carré.

1° **Beauce**.   Sol calcaire couvert de limon, très perméable, sans relief ni cours d'eau.

Ressources. - La *grande plaine* découverte de Beauce,
entièrement boisée à l'époque gauloise et encore nettement
délimitée aujourd'hui par une ceinture de forêts, est *uni
quement agricole :* grâce à son limon, mince mais très fertile et continu surtout entre Arthenay, Pithiviers, Étampes
et Chartres, elle est devenue un champ immense de *blé* et
de *plantes fourragères*, champ divisé en grandes propriétés
et fournissant, surtout en froment, de très forts rendements si les pluies de printemps tombent en quantité suf-
fisante : la sécheresse est en effet le grand fléau de ce pays
sans rivières : aussi n'y élève-t-on, d'ailleurs moins nombreux qu'autrefois, que des troupeaux de *moutons*, parqués
sur les jachères et les prairies artificielles de mai en août,
sur les chaumes après la moisson ; la Beauce compte ainsi
parmi les principaux pays français producteurs de laine.

Population. — La population, de *densité moyenne*, diminue par excédent de la mortalité : sur ces grandes
plaines très sèches, elle se groupe strictement autour des
puits, profonds de 50 à 100 m., en gros villages agricoles,
agglomérations sans grâce ni verdure de fortes bâtisses de
pierre. Leurs clochers sont les seuls accidents qui attirent
l'œil sur la grande plaine rase : dans leurs intervalles, on
n'aperçoit pour ainsi dire jamais de hameau ni de ferme
isolée.

Villes. — La monotonie du relief prive la Beauce de tout
site défensif, à tel point que les habitants primitifs avaient
dû creuser dans le calcaire des souterrains sinueux qui
leur servaient de refuge en cas de danger et qui subsistent
encore nombreux aujourd'hui ; d'autre part, l'uniformité
économique du pays, tout en grandes cultures, ne pouvait
engendrer aucun grand marché intérieur. Pour ces deux
raisons, la Beauce n'a point de villes qui lui soient propres
mais seulement de gros bourgs agricoles ; par contre une
ceinture de cités, petites mais anciennes, jalonne son pourtour où reparaissent en rivières les eaux infiltrées dans le
calcaire ; ce sont les marchés où s'échangent les produits
des régions forestières voisines avec ceux des opulentes
moissons de la Beauce. Les principales sont : à l'ouest,
Vendôme et *Châteaudun*, sur le Loir ; au sud, *Pithiviers* et
Malesherbes, sur l'Essonne ; au nord, *Étampes*, sur un de
ses affluents ; au nord-ouest, **Chartres**, sur l'Eure, dont le
vieux sanctuaire gaulois a fait place à une célèbre cathédrale, visible de 30 kilomètres à la ronde sur cette plati-
tude de la Beauce ; Chartres en est, pour le commerce
comme pour les souvenirs, une sorte de capitale marginale.

Disputée un moment par l'influence normande, la Beauce
a finalement obéi à l'attraction parisienne ; c'est par ces
grandes plaines, découvertes et riches, que s'est faite la
soudure historique de Paris et d'Orléans et par conséquent
celle de Paris avec la France du Centre et du Midi.

2° Hurepoix. — Prolongement de la Beauce, mais ciselé
par de nombreuses vallées ramifiées, le Hurepoix est un
pays de contraste entre ses *plateaux monotones* et cultivés
en céréales comme ceux de Beauce et ses *vallées verdoyantes*, aux flancs gréseux et boisés, mais aux fonds
marneux, humides et utilisés en cultures maraîchères et
fruitières.

La population, qui s'écarte des plateaux sans eau, se rassemble dans ces vallées, files de bourgades très rapprochées ; les principales sont : dans l'intérieur, *Limours* ; sur
le pourtour, *Dourdan*, *Arpajon* et *Montlhéry* ; plus importants sont deux anciens rendez-vous de chasses royales, à

l'orée des grandes forêts, à l'ouest, *Rambouillet* et au nord,
Versailles, devenu, par la fantaisie de Louis XIV et pour un
siècle et demi, la capitale de la France de l'Ancien Régime ;
aujourd'hui, autour de son majestueux château, c'est une
ville de garnison et de rentiers, seulement animée par le
voisinage de Paris (60.000 hab.).

3° **Gâtinais**. — Autre prolongement de la Beauce, plus
ample, vers l'est, le Gâtinais est moins riche qu'elle, mais
plus varié : le **Gâtinais occidental** ou **Orléanais** d'où la
plupart des étangs ont disparu, est aussi un pays sec, devenu, grâce à un travail opiniâtre, un vaste *champ de blé*,
mais moins monotone que celui de la Beauce grâce à ses
sables et ses grès couverts de bois ; dans le **Gâtinais
oriental** ou **français**, le sol, argileux ou sableux, laisse
aux *étangs* et aux *forêts* une grande place, surtout au
nord dans la forêt de Fontainebleau, que celles de Montargis et de Toucy relient à celles de la Puisaye ; mais on
a desséché bon nombre de ces étangs et sur les parties qui
ont conservé quelques lambeaux de limon, on cultive blé
et betteraves ; de plus l'élevage des abeilles y produit un
miel renommé.

La population de ces pays assez ingrats est encore agglomérée en villages dans le Gâtinais occidental, mais dispersée sur l'humide Gâtinais oriental. — Quant aux **Villes**,
petits marchés agricoles, elles jalonnent la vallée du Loing,
peut-être lit primitif de la Loire, aujourd'hui grand passage naturel de ce fleuve à la Seine, suivi par le canal du
Loing bifurquant vers Briare et Orléans et par le chemin
de fer Paris-Nîmes : ce sont *Nemours* et *Montargis ;* au nord,
Fontainebleau, dont la forêt et les chasses firent jadis un
séjour royal comme aujourd'hui un centre de villégiature ;
dans le voisinage, surtout à *Thomery*, s'est maintenue la
culture en treille du chasselas dit de Fontainebleau.

4° **Brie**. — *Plateau de calcaire argileux* recouvert de
limon, surtout en Brie française ; limité par la Seine, la
Marne et la Crête de l'Ile-de-France ; pluies très médiocres,
mais mares et ruisseaux nombreux.
Ressources. — Déboisée dès l'époque gallo-romaine, la

Brie, dont l'imperméabilité du sous-sol fait un pays généralement humide, a gardé par place de grands lambeaux de
forêts souvent marécageuses ; elles sont surtout étendues
et rapprochées dans la Brie pouilleuse entre le Grand
Morin et la Marne, où le sol argileux est dépourvu de limon
et semé d'étangs ; c'est un pays pittoresque mais pauvre.

Au contraire, en Brie française, entre le Grand-Morin et
la Seine, le sol, limoneux et très fertile, convient à la culture intensive du *blé* et de la *betterave* qui alimente des
sucreries de plus en plus nombreuses ; on y élève aussi le
mouton, conduit comme en Beauce sur les champs après la
récolte ; les vallées, très différentes du plateau, sont couvertes de vergers et de riches pâturages où l'élevage des
vaches laitières a développé la fabrication des fromages et
du beurre.   De plus, ce grand pays rural n'est pas dépourvu de quelque industrie surtout agricole comme les
minoteries de Corbeil et de Meaux, les *papeteries* d'Es-
sonnes et de Coulommiers qui utilisent la paille des céréales ;
la *pierre meulière* du sous-sol, extraite en nombreuses carrières, notamment à la Ferté-sous-Jouarre, fournissait jadis
des pierres à meules très recherchées ; aujourd'hui c'est la
pierre à bâtir par excellence de la Brie, très employée
aussi à Paris.   Au total, ressources comme paysages
sont beaucoup plus variés en Brie qu'en Beauce.

Population.   La population de la Brie moyenne se
maintient surtout par l'immigration, notamment par celle
des ouvriers belges qui viennent moissonner et arracher
les betteraves. Sur le plateau de sol humide et divisé en
grandes propriétés, la population moins dispersée que dans
les pays de bocages, se distribue en grandes fermes entourées de hautes murailles carrées et de bouquets d'arbres,
isolées au milieu des champs à 7 ou 800 mètres les unes
des autres ; dans les vallées creuses, presqu'aux niveaux
imperméables et très verdoyantes, les villages se succèdent
sur les lignes de sources.

Villes.   Quelques-unes sont devenues des villes, la plupart anciennes forteresses établies dans des sites défensifs
protégés par les méandres des rivières ; aujourd'hui, bien
que plusieurs d'entre elles aient gardé le nom de *Ferté*,
elles ne sont que des marchés agricoles, surtout de blé, où

de petits centres industriels traitant les produits locaux ;
aucune n'a pris grande importance, à cause du voisinage de
Paris. — Peu nombreuses et médiocres dans l'intérieur même
de la Brie, comme *Coulommiers* dans la vallée du Grand-
Morin et *Montmirail* dans celle du Petit-Morin, elles sont
plus importantes dans les vallées limitrophes : dans celle
de la Seine, **Melun** (14.000 hab.), *Corbeil-Essonnes* et *Villeneuve-Saint-Georges*, groupes industriels assez actifs ;
dans celle de la Marne, *Château-Thierry*, la *Ferté-sous-
Jouarre* et **Meaux** (14.000 hab.) ; *Montereau* et *Provins*, aux
confins de la Champagne.

3° **Valois**. — Grand *plateau de calcaire grossier*, recouvert de limon, comme ses annexes : à l'est, le **Tardenois** et
à l'ouest, le **Vexin français**, au delà de l'Oise.

Ressources. — Les plateaux, limoneux comme ceux de
la Brie mais dépourvus de mares, conviennent aux *riches
cultures* : blé, betterave à sucre, plantes fourragères ; ces
vastes terres labourées sont dominées par quelques monti-
cules sableux qui s'alignent en files étroites et couvertes de
forêts, surtout de hêtres, celles de Villers-Cotterets et de
Compiègne au nord ; de Luzarches et de Dammartin au
sud ; là elles se prolongent par celles de l'Isle-Adam et de
Montmorency qui dominent des pentes cultivées en arbres
fruitiers et encadrent, avec le rebord boisé de la Brie, la plaine
de grande culture qui porta la première le nom de *France*. Ces
forêts donnent au Valois, pays agricole, un aspect agreste
et parfois solitaire. — A l'est, le **Tardenois**, de relief plus
morcelé, est aussi boisé et de même, à l'ouest, le **Beauvaisis**,
aux vallées bien cultivées, tandis que le **Vexin français**,
revêtu de limon, est un pays découvert, de grandes cultures,
avec quelques rares buttes sableuses couronnées de forêts.

Population. — Dans ce pays tout rural, la population
vit groupée en villages, bien bâtis en pierre de taille ; ce
caractère monumental, dû à l'excellence du calcaire gros
sier, apparaît aussi dans les châteaux, comme celui de
Pierrefonds, et dans les villes, aux nombreuses églises ; ces
Villes, la plupart médiocres, ne sont guère que des marchés agricoles ; dans le Valois, *Crépy*, son ancienne capitale, et *Senlis* ; ses forêts, territoire de chasse des Mérovin-

giens et des Carolingiens, y suscitèrent les résidences royales ou princières de Compiègne, de Chantilly, de Villers-Cotterets et aujourd'hui des villégiatures comme Luzarches ; les seuls centres actifs sont **Compiègne** (16.000 hab.), port fluvial entouré d'usines et surtout *Creil-Montataire*, ville double de 16.000 habitants, dont les industries céramiques et métallurgiques s'alimentent par l'Oise de houille et de fonte.　En Beauvaisis, le bourg de *Clermont*, campé sur une éminence calcaire dominant la vallée de la Bresche, et surtout **Beauvais**, protégée par les bras marécageux du Thérain, étaient les anciennes forteresses de l'Ile-de-France aux confins des plaines crayeuses de Picardie ; grâce à son industrie de drap et de tapis et à son commerce actif entre Ile-de-France, Picardie et Normandie, Beauvais est la seule ville de la Région Centrale au nord de la Seine qui dépasse 20.000 habitants.　Le Vexin n'a, comme le Valois, que de petits marchés agricoles situés dans les vallées qui encadrent le plateau, comme *Pontoise*, sur l'Oise ; *Mantes*, sur la Seine.

6º **Soissonnais** et annexes : **Noyonnais** et **Laonnais**. Pays de *collines calcaires et sèches*, morcelées par d'amples *vallées humides*, creusées dans l'argile plastique par l'Oise, l'Aisne et leurs affluents.

Ressources. — Alors que les champs de céréales et de betteraves couvrent, comme en Valois, les plateaux limoneux, les pentes douces des vallées, de sables argileux fertiles, sont cultivées surtout en *légumes* réputés, en arbres fruitiers et même en vigne ; les sables incultes n'apparaissent guère que dans la grande forêt de Saint-Gobain, refuge au XIIᵉ siècle des moines de Prémontré ; le bois et le sable suscitèrent plus tard à Chauny-Saint-Gobain l'industrie des *verres* et *glaces*, alimentée aujourd'hui par la houille du Nord.

Entre les plateaux de cultures, les vallées, très spacieuses, forment des *routes naturelles* de première importance : celle de la Vesle est suivie à Fismes par le chemin de fer Paris-Reims venu de celle de l'Ourcq ; mais surtout celle de l'*Oise*, très large, jadis marécageuse, trace une admirable voie entre le Nord et Paris, voie dont profitent

canaux et chemins de fer vers la Belgique et l'Allemagne ;
aussi est-ce aujourd'hui un des couloirs commerciaux les
plus actifs de la France ; de plus ce fut toujours et c'est
encore une *route d'invasion*, gardée par le camp retranché
de la Fère, dont la ville est entourée par les bras de la
rivière et les forts appuyés sur les coteaux calcaires qui
représentent ici la Crête de l'Ile-de-France.

Population. — C'est *dans ces riches vallées* que se rassemble la population : les villages, situés au pied des cor-
niches calcaires sur la ligne de sources qui suit l'affleurement de l'argile plastique, se trouvant ainsi entre les
grandes cultures du plateau, les prairies et les vergers de
la vallée (1) : ils sont toujours bâtis de la belle pierre de
taille que fournit le calcaire grossier et même celui-ci, qui
se laisse facilement ciseler, a donné aux établissements
humains un caractère à la fois monumental et artistique
dans les châteaux, comme au formidable donjon de Coucy
près de Saint-Gobain, dans les églises et autres édifices des
villes ; ce n'est donc pas par hasard, mais par suite des
qualités particulières de la pierre calcaire que cette région
de l'Ile-de-France a été, au xiiie siècle, le foyer de l'ar-
chitecture et de la sculpture gothiques.

Villes. — Les villes, pour la plupart dans les vallées,
occupent généralement des sites défensifs : **Soissons**, entre
les cours de l'Aisne et d'un affluent, important marché
agricole ; autour de *la Fère*, sur l'Oise, les centres industriels de *Chauny* (produits chimiques), de *Saint-Gobain*
(glaces) et de *Tergnier*, grand croisement de voies ferrées ;
Noyon, aussi dans la vallée de l'Oise : aux confins de la
Champagne, **Laon**, juché sur sa butte détachée du plateau,
ancienne forteresse carolingienne, dont les ouvrages se
rattachent aujourd'hui aux défenses de la Fère. — Laon,
Noyon, Senlis, Beauvais, comme en Brie Meaux et Provins,
sont de très vieilles villes historiques qui gardèrent jusqu'à la fin du Moyen Age un grand rôle local ; puis la vie,
attirée vers Paris, s'y est peu à peu assoupie autour de leurs
cathédrales gothiques ou des restes de leurs forteresses,
seuls témoins demeurés de leur ancienne puissance.

(1) Voir la figure de la page 17

7° **Paris**. — La convergence générale des cours d'eau du Bassin Parisien vers la dépression centrale où confluent notamment, à moins de 30 mètres d'altitude la Seine, la Marne et l'Oise, devait inévitablement y donner naissance à une grande ville. — Le *site local* répondait à toutes les nécessités primitives : nécessité de défense : les bras de la Seine faisaient de l'île de la Cité une forteresse naturelle, pour laquelle les hauteurs avoisinantes servaient de protection avancée notamment, la butte Montmartre, montagne de guet très commode pour surveiller la plaine, au nord, et les méandres du fleuve ; — nécessité d'eau : la Seine, profonde et régulière, y formait port naturel sur la grande voie navigable réunissant à la mer la Bourgogne et la Champagne ; — nécessité de passage facilité par la division du fleuve en deux bras par l'île de la Cité, ainsi prédestinée au rôle de marché naturel aussi bien que de forteresse ; — nécessité d'alimentation en pain et vin fournis par les plateaux limoneux et les coteaux voisins ; — enfin abondance des matériaux de construction les plus variés : bois des forêts, argile, calcaire, pierre meulière, gypse et sable du sous-sol, qui favorisaient l'établissement d'une grande ville monumentale.

En plus de ces avantages locaux, le site parisien en possède de plus généraux : c'est là que *se croisent plusieurs des plus grandes voies naturelles de la France*, non seulement celles qui, de toutes les régions du Bassin convergent vers le centre, mais des voies européennes notamment celle de l'Angleterre et de la basse Seine vers le Seuil de Bourgogne et la Méditerranée, celle de l'Allemagne du Nord et de la Flandre vers le Seuil du Poitou et l'Espagne ; aussi Paris fut-il, comme Lyon, un carrefour de routes très anciennes et par conséquent un centre attractif pour toutes les régions voisines.

Malgré ces avantages naturels, il n'était pas inévitable que Paris devînt la capitale de la France. *Lutèce*, l'antique forteresse de la tribu gauloise des *Parisii* florissante à l'époque romaine s'était repliée dans son île où elle ne fit que végéter sous les Carolingiens dont la capitale était Aix-la-Chapelle ; les avantages géographiques de Paris ne lui servirent qu'à partir du jour où ses seigneurs, les ducs

de France, fondèrent la dynastie capétienne : dès lors les
progrès de leur ville reflétèrent ceux de l'extension terri-
toriale et de la centralisation de leur Royaume : Paris
imposa sa langue à toute la France et devint pour elle
capitale à un degré inconnu en Europe : non seulement le
cœur de sa vie politique, mais le premier centre de son
commerce, notamment de produits agricoles, de son industrie, enfin de son activité intellectuelle et artistique : c'est
donc surtout par notre histoire et par le développement
de notre civilisation que s'explique l'essor prodigieux pris
par Paris dans un site si favorisé géographiquement par
la nature.

C'est sous les Capétiens que Paris reprit possession de la
rive gauche, jadis couverte de monuments romains adossés
à la montagne Sainte-Geneviève : là s'établit l'*Université* ;
mais c'est surtout sur la rive droite que la ville s'étendit,
dans les *quartiers commerçants* où arrivaient les routes
du Nord : Paris s'accrut ainsi par *zones concentriques*, successivement limitées par l'enceinte de Philippe-Auguste,
celle de Charles V la même que la précédente sur la rive
gauche, celle de Louis XIII (grands boulevards), le mur
d'octroi des fermiers-généraux de 1784 (boulevards extérieurs), enfin l'enceinte bastionnée actuelle, bâtie sous
Louis-Philippe (1840) et très largement dépassée aujour-
d'hui, surtout vers l'ouest (1).

Avec 250.000 habitants environ, Paris était déjà une
grande ville au XIII⁵ siècle : la *population*, de 500.000 habitants en 1700, ne dépassait guère ce chiffre après la Ré-
volution : c'est donc surtout au XIX⁵ siècle que Paris s'est
formidablement accru, grâce à la construction d'un réseau
centralisé de chemins de fer qui y a attiré les émigrants
de toutes les provinces françaises. En 1851, la population
dépassait le million ; en 1881, le second million ; en 1911, elle
compte 2.888.000 habitants. C'est la troisième ville du
monde, après Londres et New-York. — L'*accroissement* se
poursuit rapidement aujourd'hui par l'afflux des provin-
ciaux, surtout du Massif Central, et des étrangers (204.000),
et non seulement dans l'enceinte de la ville, mais plus

(1) Voir le plan, p. 130.

encore dans sa banlieue, grâce à la facilité des communications suburbaines : parmi les innombrables communes qui se pressent dans le minuscule département de la Seine, quinze dépassent 30.000 habitants : Asnières, Aubervilliers, *Boulogne-sur-Seine*, *Clichy*, *Courbevoie*, *Levallois-Perret*, *Neuilly-sur-Seine*, *Pantin*, *Puteaux*, *Saint-Denis*, *Saint-Ouen*, *Ivry*, *Montreuil*, *Saint-Maur-des-Fossés*, *Vincennes*, dont trois dépassent 50.000 habitants : **Saint-Denis**, **Levallois-Perret**, et **Boulogne-sur-Seine**, sans compter **Versailles**. La population du département est de 3.848.000 habitants, en augmentation de 305.000 de 1906 à 1911 ; l'agglomération humaine totale dépasse largement quatre millions.

C'est grâce à la rapidité et à la régularité des moyens de transport, surtout par voies ferrées, qu'une pareille quantité d'hommes peut vivre sur un espace si restreint : pour sa nourriture quotidienne, Paris est tributaire, non seulement de toutes nos provinces et de nos colonies, mais de presque tous les pays du monde ; c'est *le plus gros marché français de consommation*.

C'est aussi notre *premier centre industriel*, d'une activité très variée : la grosse industrie mécanique, encombrante et bruyante (métallurgie, tannerie, raffineries, fabriques de produits chimiques, d'automobiles, etc.), a émigré vers les quartiers extérieurs ou en banlieue ; mais l'industrie spéciale à Paris, celle des articles de luxe, dits « articles de Paris », est surtout établie dans le centre ; elle comporte les objets les plus divers (vêtements, fleurs et plumes, passementerie, bijouterie, jouets, etc... qui, grâce à leur finesse artistique, sont sans rivaux dans le monde entier et lui sont imposés par la souveraineté de la mode.

Enfin le *commerce* est d'une intensité prodigieuse, grâce au rayonnement des chemins de fer de nos cinq plus grands réseaux et à la navigabilité de la Seine ; ses quais forment un port presque continu où le mouvement des marchandises est supérieur à celui de Marseille ; ce trafic consiste essentiellement en arrivée de denrées alimentaires, de matières premières et de matériaux de construction ; en expédition de produits fabriqués.

Pour protéger ce centre vital de la France, il a fallu, depuis 1871, construire un nouveau *camp retranché*, grand comme une province, et dont les forts s'appuient sur les hauteurs couronnant le cirque parisien.

Certes il y a dans le monde des capitales plus peuplées que Paris ; il en est d'activité encore plus fiévreuse ; il en est dont le développement actuel est encore plus rapide, surtout depuis que, par le percement des tunnels alpestres, l'axe commercial de l'Europe entre les pays du Nord et ceux de la Méditerranée tend à se reporter plus à l'est, au détriment de Paris ; mais il n'en est peut-être pas qui offre une plus admirable perspective que la lumineuse voie triomphale tracée par la Seine au milieu de monuments si variés et si magnifiques, témoins de notre histoire nationale ; et ce n'est pas seulement une ville de beauté et de luxe, c'est plus encore une ville de labeur intense, non seulement un des grands foyers économiques du monde, mais surtout son *premier centre intellectuel et artistique*.

IV. **RÉGION NORD OCCIDENTALE**. — Les hautes plaines crayeuses et couvertes de limon du nord-ouest du Bassin Parisien constituent une *grande région agricole*, riche en céréales et en plantes industrielles ; mais elle diffère de la Région Centrale par son climat, plus égal et plus humide sous l'influence plus immédiate de la mer, et par l'importance qu'y prennent les prairies d'élevage et les plantations d'arbres fruitiers. — De plus, cette Région est le débouché de la plus grande partie du Bassin Parisien et de Paris même vers la mer, en sorte qu'à l'activité agricole se joint *l'activité commerciale et maritime*. Quant à l'activité industrielle, elle a le plus souvent son origine dans des occupations locales très anciennes qui ont su se conformer aux conditions économiques modernes.

La *population* de cette région présente une certaine originalité ethnographique, par persistance du type scandinave, introduit par les invasions des Normands ; de même de nombreux noms de lieux ont conservé leurs racines scandinaves ou germaniques. Historiquement cette région picarde et normande fut longtemps disputée à l'attraction parisienne par les influences du Nord ou de la mer ; mais, comme son littoral ne se prêtait que sur sa lisière même à la vie maritime et qu'elle était au contraire largement rattachée à la région parisienne par les rivières et la communauté de richesse agricole, l'influence de Paris finit par prévaloir. — Aujourd'hui, grâce à la variété des ressources agricoles, industrielles, maritimes et commerciales, c'est, Paris à part, la région la plus peuplée du Bassin Parisien : sa densité générale, de 84 au kilomètre carré, dépasse sensiblement celle de la France (74).

1° **Picardie**. — *Grande plaine ondulée* de craie perméable, couverte d'un limon fertile, arrosée par la Somme et autres rivières côtières.

Ressources agricoles. — L'immense forêt primitive, déjà fort entamée à l'époque gallo-romaine, fut définitivement défrichée par les monastères, surtout au VIIᵉ et au XIᵉ siècle ; depuis lors, grâce à son limon, la Picardie est un de nos grands pays de labour : par l'emploi des engrais chimiques on y fait alterner la culture intensive de la *betterave à sucre* et du *blé*, dont les plus hauts rendements sont produits dans le Santerre ; l'industrie sucrière est active dans les râperies et sucreries, dispersées en pleine campagne. — Sur les terrains tourbeux des vallées on pratique les cultures maraîchères dans les *hortillonnages*, séparés par d'innombrables fossés où les jardiniers circulent en barques : ces mêmes vallées ont les seules prairies naturelles de la Picardie, propres à l'élevage du *gros bétail* ; mais celui-ci, par l'extension de la culture des plantes fourragères sur le plateau même, a pris un développement tout nouveau, en particulier pour l'engraissement des bœufs, facilité par l'emploi de la pulpe de betterave. En somme, l'élevage est intimement uni à la culture ; mais, dans la partie occidentale, Ponthieu et Vimeu, de climat plus humide, les herbages s'étendent aux dépens des labours et l'élevage est prépondérant, celui du *cheval* venant s'ajouter à celui des bêtes à cornes : quant à celui du *mouton*, jadis pratiqué en grand sur ces plaines sèches, il s'est transformé depuis leur mise en culture : les bêtes restent le plus souvent à l'étable et ne sont conduites dans les champs qu'après la moisson ; on les élève moins pour leur laine que pour leur viande, notamment sur les prés salés des Bas-Champs.

Ressources maritimes. — A part Étaples, qui arme pour la *pêche hauturière* dans la mer du Nord ou l'Atlantique, les petits ports de la côte picarde ne pratiquent que la *pêche côtière* traditionnelle au chalut et leur activité décroît ; par contre, sur les grandes plages droites de sable, se multiplient les *stations balnéaires*, très avantageuses pour le pays, et dont la principale est Berck. — Quant aux *ports*, jadis fréquentés par un commerce important, ils ont été presque abandonnés à cause du caractère inhospitalier de la côte et de l'ensablement des estuaires : Saint-Valéry, Abbeville, le Crotoy, Étaples ne voient plus, pour ainsi dire, aucun navire de commerce.

Ressources industrielles. — *L'industrie textile* est très ancienne dans ce pays de culture du lin (dans les vallées) et d'élevage du mouton : le tissage des *lainages* et des *toiles*, au métier à la main, persiste dans les campagnes, au moins pendant la morte-saison agricole, mais il décroît ; il se concentre dans les villes où arrivent les houilles du Nord, surtout dans le Vermandois avec les cotonnades de Saint-Quentin, et dans la vallée de la Somme avec les draperies et velours d'Amiens, d'Abbeville, d'Albert, de Corbie. De plus, dans les campagnes, se sont maintenues encore vivaces, outre le tissage de la toile, quelques industries locales, comme le tissage des *articles d'Amiens* (velours, satins, etc.) aux environs de cette ville, la *bonneterie* dans le Santerre, la *serrurerie* dans le Vimeu.

Commerce. — Enfin l'activité commerciale est considérable en Picardie, située entre Paris et la Plaine du Nord ; par le Seuil du Vermandois, les *canaux Crozat* et de *Saint-Quentin* unissent l'Oise à la Somme et à l'Escaut ; le chemin de fer de Paris y passe, vers Bruxelles et vers Berlin. — Plus à l'ouest, la vallée inférieure de la Somme est suivie par la voie ferrée de Paris vers Boulogne, Calais et l'Angleterre.

Population. — Grâce à la richesse agricole et aussi à la persistance des métiers villageois, la Picardie a une *population nombreuse*, dont la densité, presque partout supérieure à la moyenne générale de la France, atteint 130 habitants au kilomètre carré dans les arrondissements les plus industriels : les bandes du plus fort peuplement s'alignent le long des rivières et du canal de Saint-Quentin,

puis le long des côtes ; sur le plateau, la densité varie
essentiellement avec la fertilité agricole du limon : dans
le Santerre, elle est de 75. — Au total, cette population
diminue, et très rapidement, surtout dans les campagnes,
par décroissance de la natalité et émigration, vers les
villes, notamment des jeunes gens, à la suite de la décadence
des industries rurales ; aussi en été et en automne, arrivent en grand nombre les ouvriers belges nécessaires à la
moisson et à l'arrachage des betteraves.

Sur le plateau perméable et sec, la population s'agglomère
en *villages* groupés autour des puits, profonds souvent de
80 mètres et creusés à frais communs ; entourés d'arbres
et de jardins, ces villages dispersent leurs taches de verdure au milieu de la campagne rase ; leurs maisons, jadis
de bois et de pisé, faute de pierre à bâtir, sont aujourd'hui
uniformément construites de briques. Rapprochés et peuplés sur le limon fertile, les villages sont rares et médiocres sur la craie privée de limon ; dans les vallées ils
s'écartent des fonds tourbeux, se fixent à mi-côte des pentes
crayeuses (1) : ce n'est que par exception, dans les vallées
alluviales bien drainées, que les habitations se dispersent.

Villes. — Comme la Picardie fut longtemps province
frontière en face des Pays-Bas, les villes, avant tout forteresses, se sont placées dans des *sites défensifs* : les unes
sur des *promontoires rocheux* comme Montdidier, sur une
butte de craie dominant le Santerre, Saint-Quentin et
Saint-Valéry au-dessus de la Somme, Montreuil au-dessus
de la Canche ; les autres, plus nombreuses, *dans les vallées*,
au milieu de bras et de marécages formant fossés naturels
et aux points où le rapprochement des rives crayeuses
facilitait le passage, comme Amiens, Péronne, Ham, sur
la Somme. — Aujourd'hui, depuis que cette ligne de la
Somme a perdu son rôle de boulevard militaire de la
France du Nord, ces villes ont été débarrassées de leurs
anciens remparts ; leurs faubourgs descendent de la hauteur vers la vallée, ou au contraire remontent du fleuve
sur les pentes du plateau ou plutôt encore, comme à
Amiens, s'allongent dans le fond de la vallée, de chaque

(1) Voir le Profil de la vallée de la Somme, p. 21.

côté des routes et des chemins de fer. La plupart des villes
sont restées simples marchés agricoles, l'industrie n'a
réellement transformé que Saint-Quentin et Amiens.

Le long de la Somme s'alignent en file les villes historiques : **Saint-Quentin** (55.000 hab.) commandait le passage entre la Flandre et Paris ; de là la gravité des défaites
de 1557 et de 1871 ; avantageusement situé sur le canal de
l'Oise aux houillères du Nord, Saint-Quentin est devenu
un grand centre usinier, surtout pour le tissage du coton ;
Ham, Péronne, Corbie rappellent aussi de grands souvenirs historiques, surtout Corbie dont la prise par les
Impériaux en 1635 épouvanta Paris, mais elles sont
aujourd'hui peu actives : **Amiens**, au contraire, est devenue la capitale de la province au point où la vallée de la
Somme est franchie par la route de Paris vers la Flandre
et la mer du Nord : c'est une grande cité industrielle de
93.000 habitants (velours de coton, draperies, confections,
tapis, chaussures) et un centre administratif, chef-lieu du
II⁺ Corps, Cour d'appel : **Abbeville**, ancienne capitale du
Ponthieu sur l'estuaire de la Somme, est moins port que
petit centre industriel (20.000 hab.). — On trouve, dans des
positions défensives analogues, au nord, *Doullens* dans la
vallée de l'Authie, et *Montreuil* dans celle de la Canche ; à
l'ouest, dans la vallée de la Bresle, *Aumale* et *Eu*, qui sur-
veillaient la frontière de la Normandie ; au sud, **Beauvais**,
aux confins de l'Ill.-France (voir p. 84) et *Montdidier*,
centre agricole du Santerre. — Sur le littoral, à côté des
ports anciens, aujourd'hui presque morts, les stations balnéaires se développent rapidement grâce au voisinage de
Paris, surtout *Berck*.

2⁰ Pays de Bray. -- La *dépression*, de sol imperméable,
qui s'allonge entre les plateaux crayeux de Picardie et
ceux du Pays de Caux, est une petite oasis allongée,
humide et verdoyante, tout en *pâturages* bordés de haies,
et contrastant, aussi bien par son aspect que par son activité agricole, avec les plaines de grande culture qui la
limitent : les habitants, très dispersés en fermes ou hameaux, élèvent surtout une belle race de *vaches laitières*
pour la fabrication des fromages de *Neufchâtel* et du

beurre de *Gournay*, qui sont les deux principaux marchés.

3° **Haute-Normandie.** — Le plateau crayeux de Haute-Normandie est une grande région agricole ; mais la vallée de la basse Seine, qui y concentre une intense activité commerciale, la partage en deux groupes de pays.

a **Pays de Caux.** — *Plateau élevé et uniforme ;* sol crayeux recouvert d'argile à silex et de limon ; climat doux et humide.

Ressources. — Grâce à son fertile limon et aux amendements calcaires fournis à l'argile à silex par la craie du sous-sol, le Pays de Caux est une région de *cultures* aussi riches que variées : la forêt a presque entièrement disparu du plateau ; elle ne s'est maintenue que sur son pourtour (forêts d'Eu, de Lyons) et sur l'argile à silex affleurant aux flancs des rares vallées cauchoises. Sur les champs, abrités des vents d'ouest par de hautes haies d'arbres, on cultive surtout les *céréales*, blé et avoine ; puis la betterave à sucre, les plantes fourragères dont l'importance s'accroît et encore aujourd'hui le colza et le lin ; les prés sont plantés d'innombrables *pommiers*. — Le développement des prairies artificielles a donné une grande activité à *l'élevage* du gros bétail, surtout les vaches laitières ; enfin, comme la Picardie, le Pays de Caux nourrit des troupeaux de moutons, conduits sur les chaumes après la moisson. — Cette intensité de la vie agricole s'explique non seulement par la fertilité du limon, mais par l'humidité superficielle de l'argile à silex, qui retient l'eau des pluies en nombreuses mares où viennent boire les bestiaux ; mais, dans les étés secs, le manque d'eau devient une véritable calamité dans ce pays privé de sources et de rivières.

Ressources maritimes. — Au pied des falaises abruptes et presque rectilignes, la vie maritime se limite à une étroite lisière littorale ; on pratique la *pêche côtière* dans tous les petits ports, et, à Fécamp, la *grande pêche* à Terre-Neuve ; de plus, grâce au voisinage d'actives relations ont pu s'établir à Dieppe avec l'Angleterre.

Ressources industrielles. — Les usines se sont multipliées le long des petites vallées cauchoises, au bord des rivières aux eaux pures, rapides et régulières : ce sont surtout des *industries agricoles* ou *textiles*, dont l'activité contraste avec la vie exclusivement agricole du plateau.

Population. — La population, *nombreuse*, dépasse 75 habitants au kilomètre carré et même 100 sur le littoral ; mais elle n'augmente que par les deux grandes villes de la basse Seine ; dans le Pays de Caux même, elle diminue. — Sur le plateau, grâce à l'humidité superficielle, les fermes se dispersent comme les mares près desquelles elles s'établissent; ainsi que les champs, elles sont entourées d'arbres ; même dans les villages les maisons se blottissent dans la verdure.

Villes. — Quant aux villes, elles sont de *trois types* : celles du plateau ne sont que des marchés agricoles, dont le moins médiocre est *Yvetot* (7.000 hab.); — celle des vallées, isolées du plateau par leurs pentes raides couvertes de forêts et de broussailles, sont des petits centres industriels comme *Bolbec*, filatures et tissages (13.000 hab.); — enfin les ports, à la fois ports de pêche et stations balnéaires comme *Mers*, *le Tréport*, **Dieppe** (24.000 hab.), le meilleur abri de cette côte peu hospitalière, très ancienne cité maritime dont les navigateurs prirent une grande part à la découverte des côtes d'Afrique et à la colonisation du Canada ; aujourd'hui, c'est un port d'embarquement vers Newhaven, pour les relations quotidiennes de Paris à Londres ; *Saint-Valéry-en-Caux*, *Fécamp*, le second port de pêche français, *Étretat*, au pied des falaises les plus pittoresques du Pays de Caux. De plus, chaque valleuse, pour ainsi dire, possède, à son débouché sur la mer, une petite station balnéaire.

Le Pays de Caux se prolonge au sud-est par le **Vexin normand** qui en est séparé par la forêt de Lyons, comme il l'est de la vallée de la Seine par celle de Vernon ; on y retrouve les mêmes cultures riches, surtout celle du blé ; la population s'y concentre en villages et la principale ville est *Gisors*, sur l'Epte, aux confins du Vexin français, ancienne forteresse de premier ordre, disputée par les ducs de Normandie et les Rois de France.

Plus à l'est encore, le Pays de Caux se termine dans le

Pays de Thelle, plate-forme découverte, de même valeur agricole, sauf dans une partie recouverte d'argile tertiaire, qui porte la forêt de Thelle, jadis beaucoup plus étendue; la principale localité est *Méru*, petit centre industriel.

b) **Basse-Seine**. — La belle et sinueuse vallée que trace la Seine à travers les plateaux de Haute-Normandie forme un ruban de pays très varié de ressources et très peuplé. Les fonds alluviaux sont couverts de *prairies* favorables à l'élevage, les pentes de *vergers*, dont les fruits sont expédiés jusqu'en Angleterre; mais ce couloir, suivi par un large fleuve navigable, est avant tout la grande voie de communication entre Paris et la mer, de là son *activité commerciale* et, grâce à l'arrivée facile des houilles anglaises et des matières premières, son *activité industrielle*, surtout sous forme d'industrie textile, avec Rouen pour métropole; le *tissage du coton* domine, avec les étoffes imprimées et les toiles peintes, dites « rouenneries »; puis vient celui de la laine. Enfin l'*activité maritime et commerciale* est intense à cet estuaire de la Seine : elle a suscité le grand port fluvial de Rouen et le grand port maritime du Havre, où l'importance du trafic a engendré, comme toujours, un grand développement industriel, surtout métallurgique.

Population. — Aussi cette vallée est-elle la *région la plus peuplée* de la Normandie et une des plus peuplées de la France entière. Les **Villes** s'y pressent à courte distance, relativement médiocres jusqu'au confluent de l'Eure, comme *Vernon*, *Gaillon*, les *Andelys* au pied des ruines de Château-Gaillard ; mais au delà de l'Eure qui passe, près du confluent, à *Louviers*, important centre de draperies, la Seine maritime est animée par un grand nombre de villes industrielles, dont deux, Rouen et le Havre, dépassent 100.000 habitants : *Elbeuf*, où le tissage du drap est fort ancien, mais a été transformé et vivifié par les industriels alsaciens immigrés après 1870 (19.000 hab. ; 40.000 avec ses faubourgs : **Rouen** a grandi, comme tous les grands ports d'estuaire, comme Nantes ou Bordeaux, au point de contact de la navigation fluviale et de la navigation maritime et à l'endroit précis où, pour la dernière fois, la facilité de passage du fleuve pouvait établir, entre habi-

tants des plateaux des deux rives, des relations, encore fa-
vorisées par la convergence des petites vallées cauchoises.
Aussi fut-ce, dès son origine, l'étape essentielle de la navigation sur la basse Seine et le marché naturel de cette
région; importante cité gallo-romaine, elle devint le centre
religieux et politique de l'État normand, à l'époque où
elle s'embellit de nombreux et admirables monuments
gothiques qui lui donnent encore un imposant aspect de
capitale. — Aujourd'hui c'est, après Paris, le second port
fluvial de France, celui où aboutit à la mer le trafic du réseau
navigable du Bassin Parisien, et, grâce à l'amélioration du
lit de la basse Seine, un de nos grands ports maritimes
pour le commerce de Paris ; le trafic consiste principalement en importation de vins, houille, céréales, bois, pé-
trole ; en exportation de cotonnades et autres objets fabriqués. De plus c'est la métropole de l'industrie textile
normande, surtout des cotonnades pour lesquelles, de toutes
les villes françaises, Rouen occupe le plus grand nombre
d'ouvriers. — Aussi est-ce une grande ville de 125.000 habitants et le premier centre administratif de la Normandie,
chef-lieu du IIIe Corps, Cour d'appel. — L'industrie textile et
ses dérivées ont multiplié autour de Rouen les faubourgs,
toujours grandissants, d'*Oissel*, *Sotteville* (18.000 hab.),
Darnétal, *Maromme*, *Barentin* qui envahissent les vallées
cauchoises de la rive droite ; avec Elbeuf et Louviers, l'agglomération rouennaise dépasse 250.000 habitants.

    Au-dessous de Rouen on ne trouve, sur la Seine mari-
time, que de petites villes, comme *Caudebec* et *Quillebeuf* ;
là, commence l'estuaire, dont les anciens ports sont, au
nord, *Harfleur*, le plus important au Moyen Age, mais
écarté du fleuve par l'alluvionnement, et, au sud, *Honfleur*, qui resta le plus actif jusqu'à la fondation du Havre
et continue à exporter vers l'Angleterre les produits agricoles locaux ; le grand port moderne est **le Havre**, relativement récent, fondé par François Ier pour servir d'avant-
port à Rouen ; mais le Havre, situé en un point où la
rencontre des courants de marées maintient la mer étale
pendant trois heures, avantage unique sur nos côtes, a
pris un développement considérable par suite de l'augmentation du tonnage des navires, longtemps incapables de

remonter la Seine jusqu'à Rouen. — C'est le *second port marchand* de la France, débouché de presque tout le Bassin Parisien sur la Manche, avec un tonnage atteignant la moitié de celui de Marseille ; agrandi d'un avant-port pris sur la mer même, le Havre est en relations avec le monde entier, mais surtout avec New-York par les paquebots de la Compagnie Transatlantique ; il importe principalement le coton et le blé des États-Unis, le caoutchouc et le café du Brésil, les viandes frigorifiées, les laines et les peaux de la Plata, le cuivre, le cacao, etc... ; il exporte les produits manufacturés de la Normandie et de tout le Bassin Parisien, surtout les cotonnades, soieries, caoutchouc, etc. — Pour alimenter cette exportation, le Havre, qui reçoit aisément la houille anglaise, est devenu un grand centre industriel, surtout pour la métallurgie et les constructions navales, puis pour la minoterie, savonnerie, huilerie, etc...

c) **Pays au sud de la Seine.** — *Plateaux de craie* surmontés tantôt de limon, tantôt d'argile, et découpés par les vallées de l'Eure, de ses affluents et des rivières côtières.

Ressources. — Le plateau le plus méridional, le **Thimerais**, recouvert d'argile à silex, est surtout un pays de grandes *forêts* (Senonches, Châteauneuf) qui, au contact des horizons nus de la Beauce, annoncent le Perche ; dans les intervalles déboisés on cultive les céréales et les plantes fourragères ; — plus au nord, la **Plaine de Saint-André** et le **Pays d'Ouche**, encore en grande partie argileux, ont aussi de grandes forêts (Conches) ; cependant la culture des *céréales* y prend plus d'importance, surtout dans les parties sèches de la Plaine de Saint-André ; — plus au nord encore, les plaines monotones, sans eau mais fertiles de la **Campagne du Neubourg**, du **Roumois** et du **Lieuvin**, où la craie du sous-sol permet d'amender l'argile à silex, se prêtent à la grande culture des *céréales*, des *plantes fourragères*, de la *betterave à sucre* ; la forêt n'y apparaît plus que sur les versants des vallées ; celles-ci, creusées jusqu'aux marnes jurassiques, sont humides, tout en prairies favorables à *l'élevage* ; — ce caractère s'accentue dans le **Pays d'Auge**, où la grande culture des céréales et du pommier persiste sur le plateau, tandis que les vallées, marneuses et plus spacieuses, portent les plus riches herbages de la Normandie ; on y engraisse

our la boucherie les bœufs de travail achetés dans le Maine
ou l'Anjou et on y élève des vaches laitières pour la fabri-
ation des fromages (Camembert, Livarot, Pont-l'Évêque).

Population. — Tandis que les habitants des plaines agricoles sèches se concentrent en gros villages autour des
puits profonds, comme dans la Campagne du Neubourg, ou
autour des mares comme dans la Plaine de Saint-André,
ceux des vallées humides se dispersent en fermes isolées au
milieu des pâturages, notamment dans le Pays d'Auge ;
partout cette population rurale diminue.

Quant aux **Villes**, surtout marchés agricoles, mais souvent animées par des industries révélant l'influence de
Rouen, elles sont situées dans les vallées, sur le pourtour
des plateaux dont elles échangent les produits : ainsi *Verneuil*, *Nonancourt* et *Dreux* (10.000 hab.) dans la vallée de
l'Avre, ancienne frontière stratégique de la Normandie vis-
à-vis du Royaume, entre le Thimerais et la Plaine de Saint-
André ; *Évreux*, la principale (18.000 hab.), où le chemin
de fer de Paris à Caen coupe la vallée de l'Iton, marché
entre la Plaine de Saint-André et la Campagne du Neubourg ; *Bernay*, dans la vallée de la Charentonne ; *Laigle* et
Rugles, sur la Risle aux eaux rapides, centres de petite métallurgie (épingles) et de cordonnerie. — Dans les grasses
vallées du Lieuvin et surtout du Pays d'Auge, les villes
sont d'actifs marchés de bétail, de fromage et de blé,
comme *Pont-Audemer*, sur la Risle ; *Lisieux*, la principale
(16.000 hab.), qui a quelques tissages, et *Pont-l'Évêque*,
sur la Touques. Enfin, sur la côte, les anciens petits ports
de pêche comme Trouville et Dives ont fait place à de nombreuses et élégantes stations balnéaires, très florissantes à
cause du voisinage de Paris : *Trouville-Deauville*, *Villers*,
Cabourg, etc...

4° **Basse-Normandie.** — En dehors des Bocages, nous
y avons distingué deux sortes de pays :

a) Les **Campagnes**, de Caen et d'Argentan, *plaines calcaires*, sèches, mais revêtues de limon. — Ces pays, sans
arbres et presque sans forêts, sont des terres de *grande
culture* de céréales, de colza, de plantes fourragères et aussi
de légumes en plein champ ; on y élève le *cheval*, notam-

ment au haras du Pin, voisin du Perche. Le calcaire du
sous-sol fournit une excellente *pierre à bâtir* qui a donné
un caractère monumental aux villes, dominées par de
grandes églises et par des châteaux, et qui a même été employée pour plusieurs cathédrales anglaises et à la Tour de
Londres. — Pays tout agricole, la Campagne de Caen n'a,
sur son littoral rectiligne, qu'une très faible activité maritime, surtout réduite à l'exploitation des *stations balnéaires*
qui se succèdent sans interruption depuis Ouistreham, le
port de Caen, jusqu'à Luc et à Courseulles où l'on pratique
l'*ostréiculture*. — Enfin, jusqu'ici, ce pays n'avait que de
petites industries agricoles dispersées ; mais l'importance
toute nouvelle que prennent, après de récentes explorations,
les gisements de *minerais de fer* qui jalonnent le contact
de la Campagne de Caen et du Bocage et qu'on exploite
surtout à Saint-Rémy, semble assurer prochainement à
ce pays une grande activité industrielle ; c'est par Caen
que se fait l'exportation du minerai, en attendant que la
métallurgie s'y établisse.

La **Population** est fortement agglomérée en gros villages
bien construits, et les **Villes**, situées au centre ou plus souvent à la lisière de la plaine, sont surtout des marchés
agricoles, d'aspect architectural : **Caen** (46.000 hab.), dont
les églises romanes datent de Guillaume le Conquérant, est
la capitale de la Basse-Normandie, à proximité du Bocage :
c'est surtout un centre administratif Université, Cour
d'appel) et un marché agricole, notamment de chevaux ;
mais son port commercial, uni par canal maritime le long
de l'Orne à son avant-port *Ouistreham* et surtout en relations avec l'Angleterre, est radicalement transformé et
agrandi en vue de l'exploitation du bassin minier dont
Caen semble destiné à devenir la métropole ; *Falaise*, où le
château de Guillaume le Conquérant couronne un éperon
schisteux au contact du Bocage ; — dans la Campagne d'Argentan, *Argentan, Sées* et le *Merlerault*, marché de chevaux
percherons, occupent des positions analogues. La plupart
de ces villes jalonnent la voie ferrée qui, à travers ces
plaines découvertes, mène de Caen à Alençon, vers le Mans.

b) Le **Bessin**, marneux et humide, est un pays de *gras
pâturages* bordés d'innombrables pommiers à cidre ; on y

élève, ainsi que sur les polders de la baie des Veys, les *vaches laitières*, qui restent en plein air presque toute l'année ; leur lait sert à fabriquer les beurres d'Isigny et de Carentan. — L'activité maritime se réduit à la pêche, pratiquée par les petits ports du littoral qui se transforment en stations balnéaires comme *Grandcamp* et *Port-en-Bessin*, le port de Bayeux. — La population d'éleveurs et de marchands de bétail est fort dispersée ; la seule ville est *Bayeux*, aux confins de la Campagne calcaire, très paisible au pied de sa célèbre cathédrale.

Normandie. — La province historique de Normandie, ou plutôt l'État normand, se constitua par l'association des pays de cette partie occidentale du Bassin Parisien, pays de riche élevage mais surtout de grande culture, avec la région schisteuse et granitique du Bocage et du Cotentin où domine l'élevage (1). L'unité naturelle de la Normandie ne tient donc nullement au sol, mais plutôt au climat maritime, humide, généralement favorable aux pâturages, même sur les terrains perméables ; elle résulte aussi de l'importance commerciale de la basse Seine destinée à réunir les pays riverains dans un même groupement politique.

Aussi *deux influences* s'y sont nettement combattues : celle de la *mer*, par où arrivèrent les Scandinaves qui colonisèrent le littoral, surtout celui de la Basse-Normandie, plus ouverte que le Pays de Caux avec sa côte moins abrupte et ses vallées plus amples, et celui du Cotentin, au rivage plus articulé ; c'est aussi la mer qui maintint quelque temps l'unité de l'État anglo-normand. L'autre influence est celle de la *terre* : ces riches campagnes de Normandie prolongent directement et sans autre séparation que les médiocres fossés de l'Epte et de l'Avre les grandes plaines du Bassin Parisien ; c'est avec elles que les affinités naturelles étaient les plus puissantes, notamment la communauté d'un fleuve paisible et navigable ; c'est donc avec le Royaume de Paris et non avec celui de Londres que s'est finalement soudé l'État normand. — Aujourd'hui plus que jamais l'influence continentale prévaut dans ce riche pays agricole et industriel qui, dans sa recherche d'une vie plus

(1) Voir Carte murale et Notice *Bretagne et Région des Bocages*.

sûre et plus facile, renonce de plus en plus au hasard de la mer ; par la même préoccupation s'explique enfin la décroissance de la population, due à une rapide diminution de la natalité ; la Normandie est une des régions françaises en voie de dépeuplement.

5° Maine oriental et Perche. — Comme la Normandie et le Poitou, le Maine et l'Anjou ne font partie du Bassin Parisien que pour leur région orientale, adossée aux terrains anciens des Bocages manceau et angevin.

a) Les **Campagnes** de calcaire jurassique à limon se poursuivent au sud d'Argentan par celles d'**Alençon** et de **Conlie**, de même dépourvues d'arbres, monotones et sèches, cultivées en céréales et utilisées aussi pour l'élevage du cheval et des volailles, notamment des oies, spécialité de Conlie qui les expédie en Angleterre.

Alençon (17.000 hab.), sur la Sarthe, est, surtout depuis la décadence de ses anciennes industries de toile et de dentelle, un marché de grains et de chevaux sur le chemin de fer de Caen au Mans vers Angers ; les autres centres agricoles sont *Mamers*, près de la forêt de Perseigne, et *Sillé-le-Guillaume*, au contact du Bocage.

b) Le **Perche**, région de collines sablonneuses et argileuses et d'humides vallées, est au contraire un *pays d'élevage* : grâce aux pluies abondantes qu'y provoque un relief assez accentué et à l'imperméabilité du sol, les *herbages* couvrent les flancs des coteaux aussi bien que les fonds, alors que les forêts ne se sont maintenues que sur les hauteurs : sur les grasses prairies de ce pays verdoyant on élève la race renommée, dite percheronne, de robustes *chevaux de trait* exportés jusqu'en Amérique et aussi les *vaches laitières* : sur les plateaux, plus secs, se pratique encore la culture des céréales : enfin celle du pommier à cidre est répandue partout. — La population vit dispersée en « closeries » isolées, tout comme dans les Bocages voisins et les villes, généralement situées sur les collines qui dominent en arc de cercle la vallée de l'Huisne, sont médiocres, mais ont les marchés de chevaux les plus importants de France, comme *Mortagne, Bellême, Nogent-le-Rotrou* sur l'Huisne.

c) **Bas-Maine**. — Les larges vallées alluviales et humides du Bas-Maine sont un *pays d'agriculture variée* où l'on cultive les céréales, notamment l'orge, les plantes fourragères, le chanvre, les pommes de terre, où l'on élève les bêtes à cornes et le cheval dans les prairies de l'Huisne et surtout les volailles ; la vigne apparaît sur les coteaux de la vallée du Loir ; au sud, sur les sables tertiaires étendus entre Huisne et Loir, on a planté des bois de pins, et la forêt de Vibraye y annonce déjà celles de l'infertile Gâtine de Touraine. Mais en réalité le pays est peu boisé, malgré l'apparence très verdoyante que lui donnent les haies d'arbres entourant champs et pâturages. — Dans ce riche pays agricole, la population, très dense, dépasse 75 habitants au kilomètre carré ; très dispersée, elle ne se rassemble en villages que dans les vallées ; c'est aussi là que sont les **Villes**, centres agricoles et foires de bétail : *Saint-Calais*, *Château-du-Loir*, petit centre industriel à l'endroit où le Loir devient navigable ; la *Ferté-Bernard*, sur l'Huisne, marché de chevaux percherons ; enfin **le Mans**, sur une hauteur dominant le confluent de l'Huisne et de la Sarthe ; son développement a été remarquable pour la capitale d'un pays tout agricole : c'est qu'il est devenu le marché le plus actif de tout l'Ouest de la France, grâce à sa situation intermédiaire entre les Campagnes calcaires cultivées en céréales, les vallées du Perche, pays d'élevage du cheval, les Bocages, pays d'élevage des bêtes à cornes, les terres fertiles et les vignobles de l'Anjou : ses principaux commerces sont ceux des poulardes et du chanvre, puis ceux des grains et des bestiaux ; avec 69.000 habitants, le Mans est le centre administratif de la contrée et le chef-lieu du IV⁰ Corps.

6° Anjou Oriental. — Entre ses collines prolongeant l'auréole crétacée, l'Anjou oriental est essentiellement constitué par de très larges vallées et par la grande plaine alluviale et fertile où viennent se réunir Loir, Sarthe et Mayenne avant de rejoindre la Loire ; on y pratique, surtout dans le Val d'Anjou, la culture des céréales, du chanvre, de la betterave à sucre, des légumes en primeurs, des arbres fruitiers et plantes à fleurs en pépinières ; de plus la vigne couvre le flanc des coteaux, terminant, à l'ouest de Saumur, le vignoble de la Loire. — L'industrie, en dehors du tissage de la toile, dû à la culture du chanvre, tient surtout au sous-sol ancien par l'exploitation des *ardoisières* de Trélazé, les premières de France.

La **Population**, qui dépasse 100 habitants au kilomètre carré dans toute la plaine environnant Angers, décroît malgré la variété des ressources agricoles.

Les **Villes** en dehors de celles de la Loire, sont médiocres, comme *la Flèche*, surtout intéressante par son Prytanée militaire ; *le Lude*, marché de bétail et de cuir, tous deux dans les Vaux du Loir ; *Baugé* ; sur la Sarthe, *Sablé*, qui extrait et polit le marbre noir du sous-sol primaire. — Dans la vallée de la Loire, *Saumur* (16.000 hab.), ancienne place forte protestante sur une colline dominant le fleuve aux confins de la Touraine, marché de vins mousseux et école de cavalerie ; **Angers**, dans la position maîtresse de la province, sur la Maine au point de convergence du Loir, de la Sarthe, de la Mayenne et des routes qu'ils ouvrent vers la Loire ; aussi est-ce une ville très active par son commerce de plantes et d'arbres fruitiers, ses industries agricoles, ses tissages et ses expéditions, dans toute la France de l'ouest, des ardoises de Trélazé ; situé comme le Mans au contact des mêmes régions différentes et de plus à proximité du grand fleuve, Angers est la ville la plus peuplée de cette partie du Bassin Parisien (83.000 hab.) ; c'est une manière de petite capitale régionale (Cour d'appel), à laquelle il manque cependant d'être réunie à la mer par une Loire navigable.

CONCLUSION. — Avec ses plaines amples, variées, le plus souvent très fertiles et communiquant facilement entre elles et avec le dehors, le Bassin Parisien a été le théâtre des événements décisifs de notre formation nationale ; c'est là que s'est opérée la fusion des divers éléments de notre race ; ce sont ses avantages naturels qui ont facilité sa prépondérance politique et qui en font aujourd'hui, surtout depuis la construction des chemins de fer, la région d'attraction par excellence pour toute la France.

DESCRIPTION DES ENVIRONS DE PARIS (1)

Les plateaux qui constituent la Région tertiaire centrale, ont été, avons-nous dit au début, énergiquement attaqués par les courants diluviens de l'ère quaternaire, puissants ancêtres de la Seine, de la Marne ou de l'Oise actuelles, leur direction dominante étant ici d'est en ouest. Comme partout, leur travail de creusement s'est arrêté au contact des roches les plus dures qui forment encore les plateaux et couvrent la plus grande surface de la région parisienne ; d'une manière générale, ces plateaux sont constitués, au sud de la Seine, par le *calcaire de Beauce*, entre Seine et Marne par le *calcaire de Brie*, au nord de la Marne et de la Seine par le *calcaire grossier*. — Sur ces plateaux, les terrains plus récents qui les surmontaient antérieurement et que leur faible résistance avait laissé déblayer par les

(1) D'après : STANISLAS MEUNIER, *Géologie des environs de Paris* ; — DOLLFUS, *Notice sur une nouvelle carte géologique des environs de Paris* ; — VIDAL DE LA BLACHE, *Tableau de la Géographie de la France*, chap. IV et V ; — L. GALLOIS, *Régions naturelles et noms de pays* ; du même, *Excursion géographique interuniversitaire autour de Paris et dans le Morvan*, Annales de Géogr., 15 juillet et 15 nov. 1907 ; — PAUL DUPUY, *Le sol et la croissance de Paris*, id., 15 juillet 1900 ; du même, *Paris et son fleuve*, Revue de Paris, 1ᵉʳ et 15 mars 1910. — E. MAILLET, *Le régime hydrologique du Bassin de la Seine et la crue de janvier-février 1910*, La Géographie, 15 juin 1910 ; — ARDOUIN-DUMAZET, *Voyage en France*, vol. XLII à XLVII ; — P. JOANNE, *Paris* (Dictionnaire géographique de la France), etc.

eaux, comme les *sables de Fontainebleau*, ne subsistèrent
qu'à l'état de débris, de buttes-témoins, généralement alignées dans le sens même des courants diluviens (1). — Par
contre, l'érosion fluviale entama les terrains les moins
résistants pour y creuser les vallées, où ces terrains inférieurs se montrent en coupe et où les anciens cours d'eau
abandonnèrent ensuite leurs alluvions, tant au fond que
sur les pentes. — Tout ce travail d'érosion n'affecta que
les terrains tertiaires qui forment la surface de la région
parisienne : le socle de craie qui les supporte, épais de plusieurs centaines de mètres et universel soubassement de
cette région, ne fut atteint par le déblaiement et découvert
qu'en de très rares endroits.

Généralement, ce sont donc les calcaires, roches dures,
qui forment les plateaux; sur les flancs des vallées affleurent les couches de terrains moins résistants, sables ou
marnes; aussi, alors que les plateaux souvent limoneux
sont couverts de grandes cultures, sauf quand une nappe
sableuse y ramène la forêt, les pentes des vallées sont
boisées, et la couche argileuse qu'on trouve au pied des
sables ou des calcaires forme, par son imperméabilité, une
lignes de sources, signalée par une file de peupliers; quoique
peu épaisse, cette couche joue donc un rôle très important :
située à flanc de coteau elle fournissait le site tout indiqué
pour les établissements humains, entre la grande culture
des plateaux et les bois de leurs rebords d'une part, les cultures maraîchères ou les prairies des pentes inférieures et
des fonds d'autre part ; c'est sur cette ligne de sources que
se succèdent les *villages*, trait vraiment typique de la
région parisienne.

Plateaux coupés de vallées, tel est donc le caractère dominant de cette topographie. Les grands plateaux ou les
hautes plaines que nous avons étudiés d'une manière générale avec la Région Centrale du Bassin Parisien viennent
se réunir ici ; leur rebord dessine, autour de la large vallée
alluviale où la Seine promène ses méandres depuis le

(1) Cette direction s'explique aussi par des mouvements du sol de la
région parisienne, mouvements qui se traduisirent par des rides orientées du nord-ouest au sud-est, affectant la craie sous-jacente et sa couverture tertiaire.

confluent de l'Orge à celui de l'Oise, une sorte de vaste cirque au pourtour généralement boisé et formant un admirable cadre de verdure. Ces plateaux sont : au sud-ouest, le *Hurepoix*, prolongement de la Beauce ; — au sud-est, l'extrémité occidentale de la *Brie* ; — à l'est et au nord, la *France*, prolongement du Valois ; — au nord-ouest, la bordure orientale du *Vexin français*.

I. **LE HUREPOIX**. — Au nord de la Beauce, le *calcaire lacustre* épais et compact qui y formait un grand plateau continu a été transformé par les eaux de ruissellement en *meulière*, pierre rougeâtre, siliceuse et argileuse ; en même

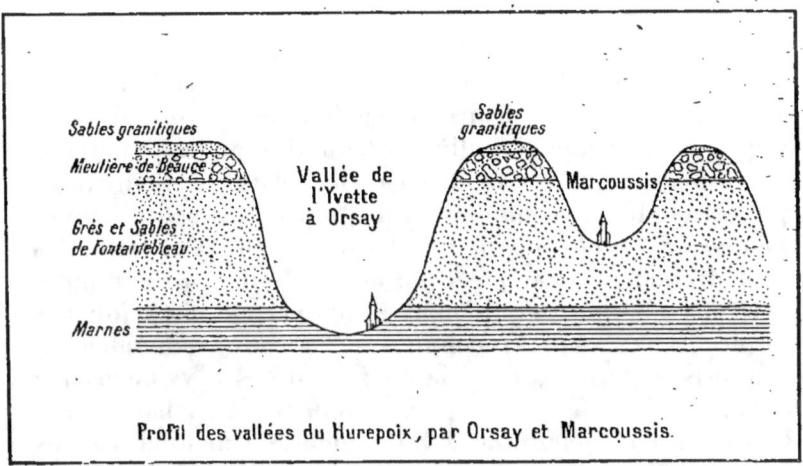

Profil des vallées du Hurepoix, par Orsay et Marcoussis.

temps son épaisseur diminue, se réduisant seulement à quelques mètres (1). A sa surface, cette meulière a conservé par endroits le revêtement de *sables granitiques de Sologne*, originaires du Massif Central, d'où quelques bois sur les plateaux ; elle surmonte elle-même une couche très épaisse de *sables marins* supérieurs, dits *de Fontainebleau* (2), sables très fins et généralement très peu résistants, sauf quand les eaux d'infiltration en ont aggloméré

(1) Ce terrain est représenté en jaune clair sur la Carte.
(2) Représentés en rose clair sur la Carte.

la partie supérieure en *grès* ; celui-ci forme alors des surfaces mamelonnées, comme on en voit souvent au sommet des rochers de Fontainebleau. — On comprend donc facilement comment les eaux courantes, contrairement à ce qui s'est passé en Beauce où le calcaire est très épais, ont pu creuser dans ce plateau de nombreuses vallées : une fois qu'elles eurent déblayé la couche superficielle de meulière, elles ont profondément raviné les sables et d'autant plus énergiquement que le niveau de la Seine, toute voisine, étant très inférieur à celui des plateaux, la rapidité du courant de ses affluents était grande et leur force d'érosion très intense.

C'est ce pays de *plateaux* et de *vallées*, en contraste frappant, qui constitue le Hurepoix.

Les Plateaux. — Bien qu'ils continuent nettement celui de Beauce, les plateaux en diffèrent cependant par la transformation du calcaire en meulière argileuse et, en conséquence, par une singulière atténuation de la sécheresse, si caractéristique de la Beauce : les eaux y stagnent en plusieurs étangs, comme ceux du *plateau de Saclay*, comme l'*étang de Saint-Quentin* sur le plateau de Trappes : il a fallu drainer les champs et, en hiver, ils restent détrempés après les pluies ; les pommiers s'y dispersent et parfois des fermes isolées, choses inconnues en Beauce. — Généralement couverts de *limon*, ces plateaux sont des pays de *grande culture* de céréales et de plantes fourragères ; mais quand le limon fait défaut, le sol, de blocs de meulière noyés dans l'argile, ne supporte que des *forêts* de grands arbres, surtout châtaigniers et chênes, avec, dans le sous-bois, la fougère, le genêt et l'ajonc, toutes espèces de sols siliceux (forêts de Trappes, de Rambouillet).

Les Vallées. — Quant aux vallées ramifiées qui découpent le plateau, forme de relief unique dans la région parisienne, elles affectent généralement la direction ouest-est, ou nord-ouest-sud-est ; leurs flancs sont sableux puisqu'ils entament les sables de Fontainebleau, épais en moyenne de 40 mètres et même de 75 à Longjumeau ; les grès très durs qui apparaissent souvent à leur sommet sont exploités pour fournir Paris de pavés, comme dans la grande carrière qui domine Orsay ; leurs flancs boisés sont en pente assez raide, parfois abrupte dans les grès ; aussi encadrent-ils de façon très pittoresque les jolies vallées de l'*Yvette* et de ses affluents notamment les *Vaux de Cernay*, près de Cernay-la-Ville, où la rivière tombe en petites cascades au milieu de blocs gréseux. — Plus au sud, la couverture de meulière et de calcaire de Beauce ayant été relevée par un bombement du sol, l'érosion l'a attaquée plus fortement et a découvert les sables ; aussi la *forêt* couvre ici de grandes surfaces, c'est celle de Rambouillet (dont on aperçoit la lisière près de Bullion, à l'angle gauche inférieur de la Carte), pays de chasse et de villégiature aux nombreux et opulents châteaux.

Le ruissellement a déblayé les sables jusqu'aux marnes sous-jacentes (1) où les eaux reparaissent en sources ; aussi ces vallées humides, isolées des plateaux agricoles voisins par leurs escarpements boisés, forment de petits mondes à part très retirés : jadis des abbayes s'y réfugièrent, à Gif, aux Vaux de Cernay, dans le célèbre vallon de Port-Royal, encore solitaire ; aujourd'hui elles sont cultivées en légumes et en fruits, même sur leurs pentes sableuses transformées par d'abondants engrais ; les fonds forment presque partout de vastes champs de fraises, que viennent cueillir chaque année des ouvrières bretonnes ; les flancs ont des vergers, de petits vignobles, de grands établissements horticoles pour la production des graines à Verrières, de grandes cultures de violettes à Marcoussis ; parfois on constate dans ces vallées, comme à Palaiseau, un contraste très net entre le versant exposé au midi, c'est-à-dire au soleil, couvert de cultures et de jardins, et le versant tourné vers le nord où se sont maintenus les bois et les broussailles ; c'est, en réduction, le contraste que présentent dans les vallées des montagnes, l'*adroit* et l'*hubac*.

Ces vallées sont tout agricoles ; jadis, à Jouy-en-Josas, dans celle de la Bièvre, l'abondance et la pureté des eaux attira le Suisse Oberkampf, introducteur en France au xviiie siècle de l'industrie des toiles peintes ; il ne reste

---

(1) Marnes vertes.

de son usine que le souvenir, mais les eaux alimentent encore les actives blanchisseries de Bièvres. La villégiature parisienne s'est emparée de quelques-unes de ces fraîches vallées, comme de celle de l'Yvette suivie jusqu'à Saint-Rémy par le chemin de fer de Limours, le long duquel les maisons de campagne se multiplient et de nouvelles agglomérations apparaissent ; mais d'autres, plus isolées malgré leur proximité immédiate de Paris, comme la verdoyante vallée de la Bièvre, comme celles, moins développées, de Châteaufort, de Saint-Lambert, et, dans l'extrême sud, celle de Limours-Forges, ont conservé une grâce agreste sous leur couronnement sévère de forêts.

Principaux Plateaux et Vallées. — A hauteur de Versailles et à la suite d'un bombement du sol, l'érosion a profondément raviné le plateau jusqu'au calcaire grossier, à l'argile plastique et même en certains endroits jusqu'à la craie du sous-sol (1), creusant ainsi une *grande vallée* alignée à peu près d'ouest en est. — A l'ouest de Versailles elle est suivie par la rivière de Villepreux, le *rû de Gally*, qui finit dans la Mauldre, affluent de la Seine, et dont le vallon, comme on le voit sur la Carte, est entamé dans la craie ; à l'est elle se poursuit par celle de *Viroflay* et de *Sèvres*, creusée dans le calcaire grossier et aux bords de la Seine dans la craie, vallée que suivent les routes et le chemin de fer de Paris à Versailles (rive gauche) avant qu'ils ne bifurquent sur le plateau de Saint-Cyr vers Granville ou vers Brest.

Cette coupure partage donc les plateaux en deux groupes.

1° Les Plateaux du nord. — Au nord de Versailles, ils ont été *très morcelés* : sur le socle de calcaire grossier se dressent les hauteurs de la *Forêt de Marly* (171 mètres), traînées de sable assez étroites sous une mince couverture de meulière de Beauce et alignées du nord-ouest au sud-est ; dans ces bois abondent les châtaigniers, tandis que, sur les fonds argileux, stagnent les eaux de nombreux étangs. Cet alignement est flanqué au nord par les buttes, de même composition, qui dominent la vallée de la Seine, notamment

(1) Représenté en vert sur la Carte.

par celle de *Médan* (169 mètres). — Il se prolonge au sud-est
par le plateau de *Vaucresson* (184 mètres) et de *Garches*,
très boisé et coupé de vallons, se terminant sur la Seine
par les coteaux de *Saint-Cloud;* plus en avant encore, dominant la plaine de calcaire grossier qui s'étend jusqu'à
Courbevoie et Nanterre et où la Seine a creusé sa vallée
jusque dans la craie (à Bougival), le *Mont Valérien* (161 m.)
est une butte-témoin de sable de Fontainebleau reposant
sur la couche habituelle des marnes.

2° **Les Plateaux du sud.** — Au sud de la coupure
Villepreux-Sèvres, les plateaux moins entamés par l'érosion
sont *plus vastes.* — C'est d'abord celui de *Satory,* allongé
contre la haute vallée de la Bièvre, puis, au-delà du che-

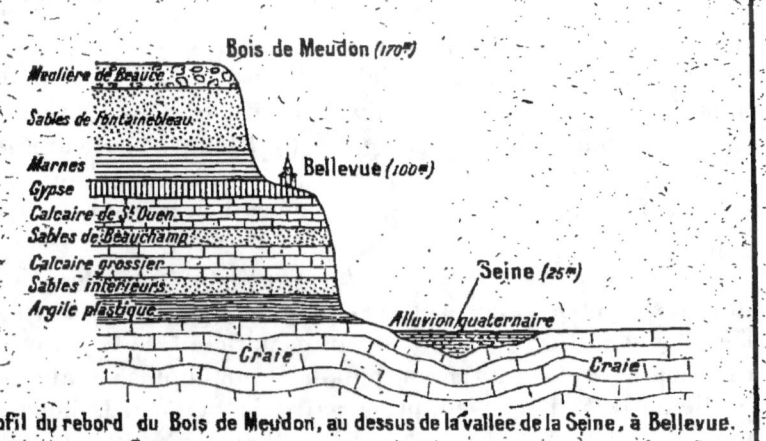

Profil du rebord du Bois de Meudon, au dessus de la vallée de la Seine, à Bellevue.

min de fer de la Grande-Ceinture, celui de *Châtillon*
(173 m.), limoneux et découvert dans sa partie centrale
consacrée, autour de Vélizy, à la grande culture des céréales et de la betterave ; mais sur son pourtour, dépourvu
de limon, reparaissent les bois de châtaigniers et de chênes :
bois de Meudon au nord dominant la vallée de la Seine,
bois de Verrières au sud au-dessus de celle de la Bièvre (1).

(1) C'est au Bas-Meudon que la craie affleure le plus largement ; elle
y est exploitée pour l'industrie du blanc d'Espagne.

Au sud de la vallée de la Bièvre, les plateaux sont encore plus compacts : celui de *Trappes* et de *Saclay* (160 mètres), seulement entamé au sud par les vallons où coulent les affluents de gauche de l'Yvette ; puis celui de *Gometz-la-Ville* et de *Cernay-la-Ville* (178 m.), allongés entre les vallées de l'Yvette et de l'Orge.

Le rebord oriental. — Dans cette bordure orientale les couches inférieures ont été, à la suite d'un mouvement du sol, fortement relevées vers l'est ; l'érosion les a donc énergiquement attaqués et c'est pourquoi tous ces plateaux viennent se terminer, le long de la ligne jalonnée par Châtillon, Sceaux, Verrières, Palaiseau et Montlhéry, par une *crête nettement accentuée* ; elle est découpée en promontoires allongés et parfois imposants, comme celui de Palaiseau qui domine de plus de 100 mètres la vallée de l'Yvette ; il s'y continue en quelque sorte par plusieurs buttes de sables, découronnées de leur revêtement de calcaire de Beauce et témoignant du recul de la falaise : ainsi la *butte de Chaumont* à l'est de Palaiseau ; de même nature toute sableuse est une autre butte-témoin isolée, de tout temps bien connue des Parisiens, celle qui porte à l'est de Montlhéry la célèbre tour qui semble encore surveiller la route d'Orléans.

Quant au nom général de *Hurepoix* adopté par les géographes pour désigner cet ensemble de plateaux et de vallées, il y est effectivement inconnu. Au début de la royauté capétienne, c'était un nom populaire appliqué à toute la partie de la Neustrie comprise entre la Seine et la Loire : puis il s'est restreint au pays immédiatement situé au sud de Paris sans qu'on en voie de raison sinon qu'il n'y était évincé par aucun autre nom local comme ceux qui l'ont fait disparaître de la Beauce, du Perche, etc.

La plaine de Longjumeau et de Villejuif. — A l'est de la crête morcelée du Hurepoix, meulière et calcaire de Beauce ont disparu ; les sables de Fontainebleau subsistent encore par place, mais en général l'érosion a découvert le calcaire de Brie revêtu de limon (1) ; il forme un *grand*

(1) Représenté en jaune vif sur la Carte.

plateau agricole, de niveau bien inférieur à ceux du Hure-poix et dépassant rarement 90 mètres, c'est la plaine de Lonjumeau et de Villejuif, en contraste très net avec le pays de vallées et de forêts situé plus à l'ouest ; elle s'étend jusqu'à la rive gauche de la Seine, où elle se termine par un talus qui domine le fleuve d'une cinquantaine de mètres à Juvisy et à Ablon. Cette plaine, où le sous-sol calcaire est exploité en nombreuses carrières de pierres de taille, est cultivée en céréales jusqu'aux portes de Paris ; la villégia-ture s'en écarte et les villages y conservent l'aspect rural ; grâce à sa nappe uniforme de limon cette plaine fertile est comme une annexe de la Brie, sauf sur les affleurements des sables de Fontainebleau ; on les exploite en carrières près de la redoute des Hautes-Bruyères (à l'ouest de Vil-lejuif), dont le nom évoque la stérilité des landes sablon-neuses.

Le socle de ces hautes plaines, déblayé jusqu'au calcaire grossier (1) où la Bièvre a creusé sa vallée et d'où l'on extrait non seulement la pierre à bâtir mais l'argile sous-jacente, se prolonge jusque dans Paris en y dessinant une péninsule, arrondie par l'érosion fluviale : sur la rive droite de la Bièvre, la plaine de Villejuif se continue par Ivry jus-qu'aux hauteurs de la *Maison-Blanche* et de la *Butte-aux-Cailles*, sur la rive gauche, le calcaire grossier, socle du pla-teau de Châtillon, se prolonge par la plaine unie de *Montrouge* pour se redresser dans Paris même, par les hauteurs de *Mont-souris* (78 m.), et de la *Montagne Sainte-Geneviève* (65 m.), forteresse naturelle qui domine la Seine d'une quarantaine de mètres et site du premier camp romain commandant l'île de Lutèce. — Sur ce fond résistant de calcaire grossier, la Seine n'a pu creuser qu'une vallée assez étroite, réduite à 2 kilomètres seulement entre le plateau d'Ivry et celui de Vincennes et c'est en amont de cet étranglement que s'est définitivement fixé le confluent de la Marne et de la Seine.

II. **LA BRIE**. — Au delà de la vallée de l'Orge, le cal-caire de Brie se poursuit presque dépouillé par l'érosion

(1) Représenté en rose vif sur la Carte

des sables de Fontainebleau, qui n'apparaissent plus que par lambeaux formant des buttes et des forêts, comme aux environs de Saint-Michel-sur-Orge ; plus à l'est, le plateau qui s'avance entre Orge et Seine est découvert et aussi élevé que la Brie qui lui fait face et dont il est un simple fragment.

Le Plateau. — Sur la rive droite de la Seine commence le pays briard proprement dit qui va jusqu'à la Marne ; c'est la partie occidentale de la *Brie française* dont les caractères physiques, économiques et humains ont été indiqués dans la Description générale (voir p. 46 et p. 81). Le calcaire y a été transformé en une meulière argileuse, caverneuse et rougeâtre, semblable à celle du Hurepoix, d'autant moins perméable qu'elle repose sur les marnes, notamment les marnes vertes. Aussi ce plateau n'a-t-il rien de la sécheresse beauceronne ; il est *plus humide* encore que ceux du Hurepoix ; à tout endroit l'eau y apparaît en mares et il est nécessaire d'y drainer les champs au milieu desquels se dispersent de grandes fermes isolées (voir p. 82).

Généralement couverte de limon, la Brie se prête aux *riches cultures* du blé, de la betterave, des plantes fourragères permettant l'élevage ; les parties qui en sont dépourvues ont un sol argileux de meulière ou bien celle-ci disparaît sous des restes de sables de Fontainebleau qui la recouvraient entièrement jadis et dont on aperçoit des plaques relevées en buttes éparses çà et là (1) : sur ces régions la *forêt*, souvent de haute futaie, s'est maintenue : ainsi au sud, la *forêt de Sénart* (altitude générale 80 m.) domine la rive droite de la Seine par les coteaux d'Étiolles, et la rive gauche de l'Yerres par ceux de Brunoy et de Montgeron ; au nord de l'Yerres, le *Bois de Notre-Dame* et la forêt *d'Armainvilliers* (134 m.) ont toujours attiré les résidences princières par leurs chasses giboyeuses. Après les pluies, ces forêts argileuses de Brie se transforment en vrais marécages. — Mais, plus dans l'intérieur de la Brie française, la forêt, qui en forme ici la ceinture, devient plus rare :

(1) Représentées en rose clair sur la Carte.

c'est la *grande culture* qui domine, d'ailleurs sans évincer
les arbres qui restent nombreux et forment çà et là de
grosses masses de verdure. — Sur ce plateau uni les routes
courent en droite ligne, comme celle de Paris à Lyon
rigide sur les 22 kilomètres qui séparent Montgeron de
Melun.

Les Vallées. — Aux environs de Paris, les vallées
briardes né sont représentées que par celle de l'*Yerres*,
qu'emprunte à Villeneuve-Saint-Georges le chemin de fer
de Lyon, et par celles de ses petits affluents. Celle de
l'Yerres est très caractéristique, avec sa direction est-ouest
et ses innombrables méandres ; comme les autres vallées de
Brie, elle est creusée dans la meulière qui forme le couronnement ; sur les flancs apparaissent les marnes et, dans le
fond, le travertin de Champigny ; dans les vallées du nord,
vers la Marne, ce sont les gypses qui remplacent ce travertin.

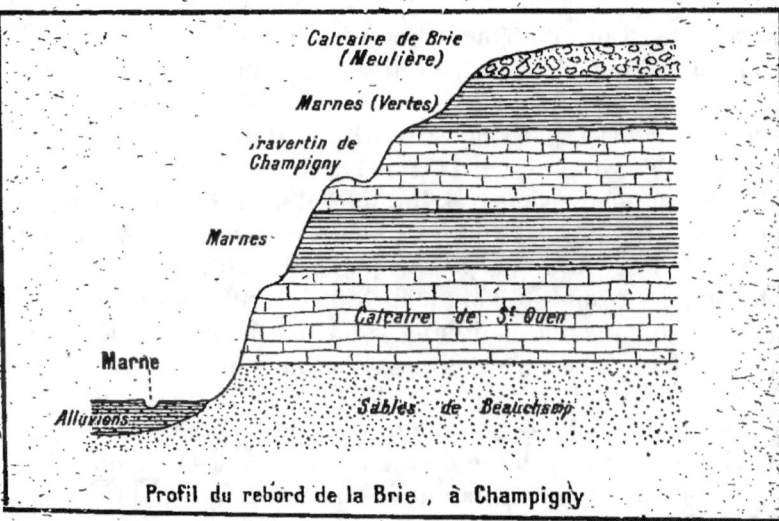

Profil du rebord de la Brie , à Champigny

Ces vallées contrastent absolument avec le plateau voisin
par leurs flancs verdoyants, couverts de jardins, de vergers, de
pommiers à cidre, de vignes sur les marnes vertes, de cultures de roses abondantes autour de Brie-Comte-Robert et

de grands parcs aux beaux ombrages, par leurs fonds
humides, tout en prairies, où les fermes se disséminent
sous les arbres ; elles ont leur vie à part, très différente de
celle du plateau ; — suivant la loi générale, les riants villages
et les maisons de plaisance s'établissent à flanc de coteau,
sur la ligne des sources qui suit l'affleurement des marnes.

Le prolongement septentrional. — Le plateau de Brie se
termine à l'ouest par une crête très accentuée qui domine,
de Villeneuve-Saint-Georges à Sucy, la plaine alluviale où
se rejoignent la Seine et la Marne, puis par le talus qui
imite au sud la vallée de la Marne par Champigny, Brie,
Noisiel, Lagny et Chalifert (voir son profil), page précédente)

Il n'en a pas toujours été ainsi ; primitivement, le plateau briard s'étendait plus au nord, mais sa bordure a été
si énergiquement attaquée par les eaux courantes qu'il n'en
subsiste plus que des lambeaux : ce sont les hauteurs alignées d'est en ouest au nord de la Marne, de Lagny jusque
dans Paris, hauteurs couronnées de calcaire de Brie sur-
montant de grandes épaisseurs de gypse entamées en carrières. En effet la Marne, ou plutôt le courant diluvien qui
la précéda, a profondément buriné ce rebord de la Brie et y
a plusieurs fois changé de cours en se ramifiant : ainsi un
premier courant passait au nord de ces hauteurs dont il
rongeait la base, par Claye-Souilly où il déblaya le sol jusqu'au calcaire grossier (1) : cet ancien lit de la Marne
forme une dépression très humide, dont profitent la *Beu-
vronne,* affluent de droite de la Marne (par Claye-Souilly)
et le canal de l'Ourcq ; les briqueteries y utilisent l'argile
plastique du sous-sol ; la même vallée continuait à l'ouest,
par Sevran, jusqu'à la Plaine Saint-Denis, comme le sou-
ligne la traînée si nette des alluvions anciennes. — Un autre
bras diluvien allait rejoindre le premier entre la côte de
Vaujours et le plateau d'Avron, par un seuil actuellement
suivi par la grande ligne de l'Est vers Reims et Nancy.

Il en résulta que ces hauteurs terminales de la Brie ont
été découpées en *buttes distinctes* : la plus importante, la
côte de Vaujours, forme un grand demi-cercle de collines
boisées (130 m.), au nord de la Marne, de *Lagny* au *Raincy* ;

(1) Représenté en rose vif sur la Carte.

son front méridional fut énergiquement affouillé à la base
par le courant diluvien qui l'entama en une anse concave
où les remous déposèrent, près de *Chelles*, des masses de
cailloux formant terrasses ; on y a trouvé de nombreux
débris des premiers habitants préhistoriques de la région
parisienne. — La partie occidentale de la côte, particulièrement boisée, est la *forêt de Bondy*, traversée par la grand'-
route de Paris à Meaux et étendue au sud jusqu'aux hauteurs de *Montfermeil* et de *Gagny*, au nord jusqu'au delà

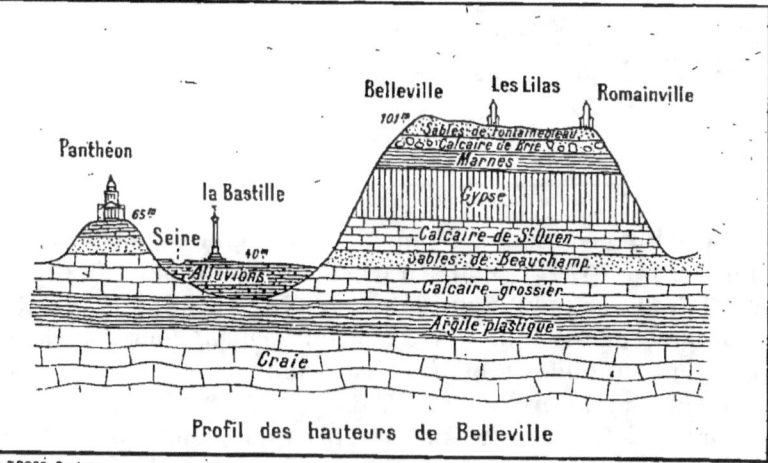

Profil des hauteurs de Belleville

H. TROPÉ Cartogr

de *Livry* et de *Vaujours*; une ligne presque ininterrompue
de villages contourne ainsi le pied des côtes, jalonnant,
comme dans les vallées briardes, le niveau des sources. —
Continuant à l'ouest la côte de Vaujours, le *plateau d'Avron*
élevé entre les deux grandes voies ferrées de l'Est domine
la vallée de la Marne. — Enfin un troisième groupe de collines, entre *Montreuil-sous-Bois* au sud et *Romainville* au
nord, pénètre jusque dans Paris par les hauteurs de *Belleville* (101 m.), de *Ménilmontant* et des *Buttes-Chaumont*, où
apparaît, pour la dernière fois le calcaire de Brie (1). — Plus
à l'ouest une dernière butte-témoin, de forme conique,

(1) Plus au nord et à l'ouest, la couleur jaune vif de la Carte représente
l'étage, très constant, des marnes vertes, niveau d'eau très important
pour les établissements humains.

celle de *Montmartre* (130 m.), point culminant de Paris, est formée de sables de Fontainebleau au sommet, de marnes et de gypses sur les flancs, le tout reposant sur le calcaire de Saint-Ouen.

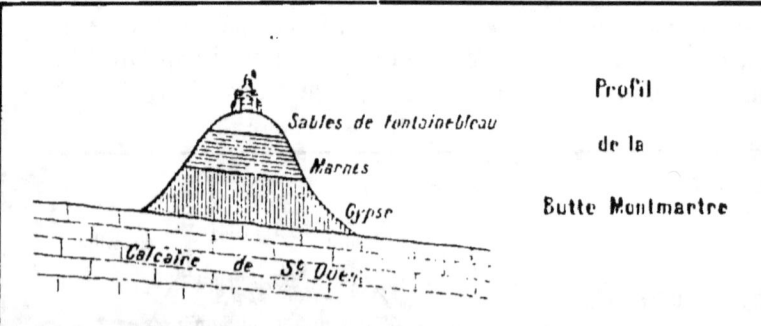

Profil

de la

Butte Montmartre

Certains géographes donnent à cette ligne de hauteurs le nom d'*Aulnoye* (1) ; mais ce n'est point là un pays distinct ; sans doute ce nom signifiait-il simplement un lieu planté d'aulnes, arbres qui durent primitivement abonder dans ces bois humides : en fait, ces hauteurs ne sont qu'une dépendance naturelle de la Brie.

Quant à ce nom même de *Brie* qui apparaît dès le vii⁰ siècle dans l'histoire des grands monastères qui y furent établis, il s'appliquait alors à un pays surtout forestier, mais dont certaines parties commençaient déjà à se déboiser ; puis il se limita à la région située au sud de la Marne ; encore aujourd'hui pour le paysan de cette rive gauche, son pays est la Brie, mot impliquant un sens de riches terres limoneuses cultivées en blé et betterave ; celui de la rive droite est la *France*.

III. LA FRANCE ET SES CONFINS. — En continuation de la plaine alluviale de Saint-Denis construite par la Marne primitive, s'étend, de Claye-Souilly et de Saint-Denis jusqu'à Luzarches et à Dammartin, sur environ

(1) Nom qui apparaît dans le village d'*Aulnay*, près de Sevran.

30 kilomètres d'ouest en est et 20 du nord au-sud, une
autre plaine, la **France**, nettement encadrée au nord-est
par les collines de la Goële, au nord-ouest par les hauteurs
boisées du Valois. — Cette plate-forme, où l'érosion a généralement découvert le calcaire de Saint-Ouen (1) blanc, souvent marneux, avec affleurements de sables de Beauchamp
se relève insensiblement vers le nord, en molles ondulations depuis l'altitude d'environ 50 mètres (à Bonneuil-en-
France et Aulnay) jusqu'à plus de 100 mètres au nord
(118 près de Louvres) : cette plaine uniforme et sèche, sans
arbres, mais revêtue d'un fertile limon, fut, alors que la
Brie était encore enfouie sous ses forêts, la première partie
découverte de ce pays et un riche champ de blé où purent
dès l'origine se rassembler les hommes. — Elle resta toujours
la région nourricière par excellence pour la capitale ; Gonesse, avec son grenier royal alimenté par les cultures voisines, fut de bonne heure un centre de boulangerie réputée,
notamment pour la fabrication d'un pain de fantaisie très
apprécié des Parisiens : sans le « pain de Gonesse » la ville
pouvait redouter la famine ; en interrompre le transport
fut, par exemple sous la Fronde, un moyen sûr pour le gouvernement royal de forcer la capitale à la docilité. — Aujour-
d'hui cette plaine est une *région de culture intensive de blé*,
de légumes en plein champ, de betteraves qui alimentent
de nombreuses sucreries ; faute d'eau courante, elle n'a
presque pas d'industrie : c'est comme une petite Beauce,
dont les villages ont gardé un aspect très rural et où l'on a
peine à se croire à une demi-heure de Paris. — Au milieu
des champs, les grand'routes vont en ligne droite, comme
celles d'Amiens et de Lille ; de même les grandes voies
ferrées du réseau du Nord, divergeant à Saint-Denis, notamment celle de Soissons et celle de Creil (vers Calais et Lille)
par *Goussainville* et *Louvres*, les principales gares du pays.

Le nom de *France*, donné à cette petite plaine, est conservé officiellement dans celui de plusieurs communes
(Mareil-en-France, Roissy-en-France), porté dans l'usage
par beaucoup d'autres, comme le Bourget, et était encore
plus fréquent jusqu'au xviiie siècle ; il est encore em-

(1) Représenté en orange clair sur la Carte.

ployé par le paysan briard pour désigner le pays de la rive
nord de la Marne ; pour lui le vent d'ouest, celui de la
pluie, est le « vent de France ». — D'abord étendu à tout le
pays des Francs, de la Loire au Rhin, sous Clovis et Clo-
taire, ce nom se restreignit, sous les Carolingiens, à une
région moins étendue, distincte de la Neustrie et de l'Aus-
trasie ; plus tard, il désigna, mais sans limites précises,
le domaine des premiers Capétiens ; dans le langage populaire il ne s'appliquait qu'au pays fertile et cultivé en blé
situé au nord de Paris. Donc, comme le Hurepoix, c'est
un nom de pays de sens d'abord très général, puis ramené
à une zone très petite ; depuis le xv⁰ siècle il se modifia en
celui d'*Ile-de-France* appliqué, comme il arrivait souvent
au Moyen Age, pour une région entourée de rivières, à la
plaine encadrée par la Marne, la Seine et l'Oise, et tandis
que le mot de *France* subsistait dans l'usage pour désigner
cette région de riches cultures, celui d'*Ile-de-France*, de
sens très élargi, le remplaça officiellement pour l'ensemble
de la province jusqu'à la fin de l'Ancien Régime.

La Goële. — La plaine découverte de France s'étend
vers le nord-ouest jusqu'à une bande de collines allongées
et alignées en file étroite du nord-ouest au sud-est, qui
constitue le petit pays appelé **Goele** ; comme les collines
briardes du nord de la Marne, ce sont des *buttes-témoins*,
seuls restes de l'ancienne couverture de terrains meubles
qui furent déblayés par les courants est-ouest jusqu'au
socle solide de calcaire ; leur composition est à peu près la
même : à la base d'épaisses couches de gypse surmontées
de marnes vertes de Brie et, au sommet, de sables de Fontainebleau ; certaines présentent même quelques débris de
calcaire de Beauce. — La principale est celle de *Dammartin*
(176 m.), entièrement défrichée, couverte d'arbres fruitiers
et entourée d'une ceinture de villages ; celle qui la prolonge au sud-est, ou butte de *Montge* au-dessus de Juilly,
est restée boisée et atteint 200 mètres ; ces buttes dominent d'une centaine de mètres la plaine de France, assez
semblables aux monts sableux qui se dressent sur les
plaines de Flandre : comme Cassel, Dammartin-en-Goële
portait jadis une puissante forteresse féodale qui comman-

dait la route de Soissons et même d'autres voies plus éloignées, convergeant du Nord vers Paris.

Quant au nom de ce pays, ou *Goële*, sans doute vient-il
d'un nom commun signifiant lieu boisé ; il est certain que
ces collines étaient jadis couvertes de forêts qui séparaient
les plaines limoneuses et cultivées de la France d'une
autre plaine fertile qui commence au Plessis-Belleville et à
Nanteuil-le-Haudouin et que traverse le chemin de fer de
Soissons : c'est le *Multien*, ou pays de Meaux, qui va jusqu'à
l'Ourcq.

Le Valois. — Au nord la plaine de France est limitée
par de grandes forêts : c'est que le calcaire de Saint-Ouen
fait ici place, sur de grandes surfaces et jusqu'à Senlis, aux
sables moyens (1), qui surmontent le socle solide de calcaire grossier d'un autre plateau, celui du **Valois**. Mais ce
n'est plus la forêt humide des argiles de Brie ; les sables et
les grès, très secs, sont couverts, dans la forêt d'*Ermenon-
ville*, de landes de bruyères et de bois de pins ; certaines
parties, où le sable blanc se relève en dunes, où ne poussent
que de maigres broussailles et des pins isolés, sont appelées *déserts*, parce qu'elles correspondent à l'idée, d'ailleurs
fausse, qu'on se fait communément du Sahara ; en réalité
elles ressemblent plutôt aux dunes des Landes. Les eaux
ne reparaissent que sur le pourtour de ces sables dans le
fond des vallons où elles s'arrêtent en étangs, comme ceux
de *Mortefontaine*, si mélancoliques au milieu de leurs bois.
Ces forêts, au nord desquelles s'étend la grande plaine agricole du Valois, se poursuivent à l'ouest dans celles de
Coye et de *Carnelle* (alt. 209 m.) de chaque côté de Luzarches, et, au nord, par celle de *Chantilly*. — Leurs solitudes
sauvages furent longtemps une limite de peuples : elles
séparaient le pays des *Parisii*, extrémité septentrionale de
la Gaule proprement celtique (2), de celui des *Silvanectes*,
habitants de la forêt, qui appartenaient déjà au Belgium(3) ;

(1) Sables de Beauchamp.
(2) Le nom de *Parisii* a survécu non seulement dans Paris, mais
dans plusieurs localités de la plaine agricole qui s'étend au sud de ces
forêts, comme *Cormeilles-en-Parisis*, *Fontenay-en-Parisis*.
(3) Leur capitale était Senlis.

elles furent plus tard pays frontière pour les Mérovingiens qui y avaient leurs territoires de chasse ; enfin elles furent et sont encore une région de villégiature, de parcs et de châteaux, où Chantilly évoque le souvenir des Condé, l'Isle-Adam celui des princes de Conti et Mortefontaine celui de Joseph Bonaparte.

Ces hauteurs forestières se terminent au nord-ouest sur la profonde vallée qu'a creusée l'Oise, non seulement dans le calcaire grossier (1) et l'argile plastique (2) que l'on voit affleurer sur les flancs et dans lesquels les petits affluents de gauche ont entamé de nombreux vallons comme celui de Luzarches, mais jusque dans la craie. Aussi les deux rives de cette partie de la vallée de l'Oise présentent un curieux contraste ; tandis que sur la rive gauche s'élève le talus couronné des bois habituels aux collines de la région parisienne, sur la rive droite s'étend une plaine découverte et agricole presque semblable à celle de Picardie ou du Pays de Caux ; et en effet la bande de craie que traverse l'Oise à Beaumont (3) est l'extrémité du Pays de Thelle, prolongement crayeux du Pays de Caux (4). L'opposition n'est pas moins frappante entre les forêts qui surmontent le rebord de la vallée et la richesse de celle-ci, où les nombreux villages, bâtis de solide pierre de taille, se succèdent sur la ligne des sources, à l'affleurement de l'argile plastique et au pied du talus de calcaire grossier (position de *Viarmes*, de *Presles*, etc.).

Les massifs forestiers entre France et Oise. — Cette ceinture de massifs boisés qui limite la plaine de France, se poursuit au sud, entre l'Oise et la plaine Saint-Denis. Là, comme dans la forêt de Carnelle, deux couches calcaires ont résisté à l'érosion, mais dans des proportions bien différentes : le socle, déblayé par les courants, est formé du calcaire de Saint-Ouen prolongeant celui de France, mais il est dominé par des hauteurs, toujours ali-

(1) Le calcaire grossier est exploité en carrière, notamment à Méry-sur-Oise, en face d'Auvers.
(2) Représentée en orange foncé sur la Carte.
(3) Représenté en vert au haut de la Carte.
(4) Pour le Pays de Thelle, voir la Description générale, pp. 23 et 95

gnées vers le nord-ouest suivant le sens de ces courants et des ondulations du sol parisien, simples lambeaux du revêtement primitif : elles présentent à leur base d'épaisses couches de gypse surmontées de l'assise, si constante, des marnes vertes, puis des sables de Fontainebleau et enfin du calcaire de Beauce qui en forme le couronnement. — C'est d'abord la *forêt de l'Isle-Adam* (180 m.), puis le grand *massif de Montmorency* (182 m.) découpé en trois arêtes parallèles par plusieurs vallons, dont le principal est celui de

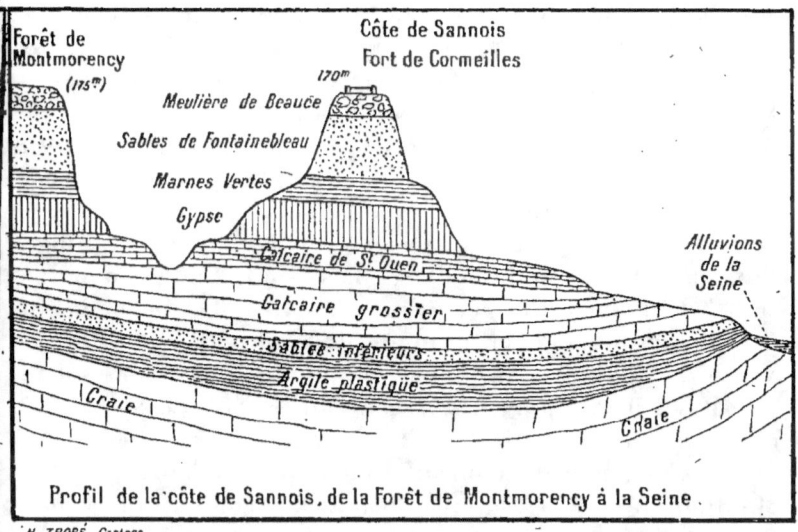

Profil de la côte de Sannois, de la Forêt de Montmorency à la Seine.

H. TROPÉ *Cartogr.*

Montlignon, et pour cette raison très pittoresque ; ces trois arêtes aboutissent, au sud-est, à un plateau plus compact entre Montmorency et Domont ; le revêtement supérieur, de meulière très siliceuse, semée en blocs dans l'argile, est surtout boisé en châtaigniers. — Ce massif se continue, plus à l'est, par plusieurs mamelons, plus entamés, sans calcaire de Beauce, où n'affleurent que les sables de Fontainebleau ; celui d'*Écouen*, dont le sommet domine le château des Montmorency et des Condé, la *butte Pinson* (101 m.) et celle de *Stains*, toutes surveillant au nord comme des sentinelles isolées, la plaine Saint-Denis. — Enfin, au sud de la forêt de Montmorency, s'aligne une arête haute et mince, la *côte de Sannois* (170 m.), également boisée, où le gypse atteint sa plus grande épaisseur; aussi est-il largement exploité en nombreuses carrières (voir le profil, page précédente). — Une *large vallée* a été ouverte par les anciens courants entre ces hauteurs de Montmorency et celles de Sannois; le sol y est formé de sables, dits de *Beauchamp* (où ils sont particulièrement caractérisés) et de graviers transformés en champs d'épandage très fertiles jusqu'à Saint-Ouen-l'Aumône; dans cette vallée, que suit le chemin de fer de Paris à Pontoise et à Dieppe, se presse une population nombreuse: au pied des hauteurs boisées les villages se suivent, presque à se toucher, d'Enghien à Taverny, ils sont toujours situés à flanc de coteau sur la ligne des sources, c'est-à-dire à l'affleurement des marnes (site de *Montmorency*, de *Montlignon*, de *Saint-Leu*, etc., autour du massif de Montmorency; de *Sannois* et de *Cormeilles-en-Parisis*, sur la butte de Sannois); mais ces anciens villages sont aujourd'hui bien dépassés par les agglomérations, devenues de véritables villes, qui se sont établies en plaine le long du chemin de fer comme *Enghien* et *Argenteuil*.

Cette petite région entre plaine de France, Oise et Seine, si variée d'aspect, l'est aussi par ses ressources: son sous-sol de gypse fait de Sannois et d'Argenteuil le *pays du plâtre* par excellence de la banlieue parisienne; les limons sableux déposés par les anciens courants sur les pentes des collines de Montmorency et de Sannois portent de riches *cultures maraîchères*, bien connues des Parisiens; culture de légumes comme celle des asperges, d'Argenteuil, culture d'arbres à fruits ou de plantes d'ornement sur les pentes exposées au midi et abritées des vents du nord par la forêt, comme les pépinières de Montlignon, la culture très perfectionnée du poirier et du cerisier à Montmorency, du prunier et du lilas à Herblay; jadis le figuier lui-même abondait à Argenteuil; il y a presque disparu devant la concurrence des fruits du Midi; mais la vigne s'y est maintenue sur les gypses et les marnes vertes.

IV. LE VEXIN FRANÇAIS.

C'est à Beaumont, au pied de la butte qui termine la forêt de Carnelle et en face des

usines de Persan éparpillées en plaine, que l'Oise sort de
la spacieuse vallée qu'elle avait déblayée jusque-là dans les
sables et les argiles ou sur la craie plate de la Thelle ; elle
s'engage maintenant dans le couloir plus encaissé qu'elle
a creusé dans le calcaire grossier, plus résistant, vallée qui
constitue la bordure orientale du Vexin français et le relie
à la France.

La Vallée de l'Oise. — Cette vallée est limitée à l'ouest
par les pentes raides du calcaire grossier qui forme le soubassement du Vexin ; mais comme l'argile plastique affleure
à sa base, de *nombreux villages*, toujours bâtis de belle
pierre de taille ainsi que leurs églises et leurs clochers mo-
numentaux, se suivent comme d'habitude sur la ligne des
sources, au-dessus de la fraîche végétation qui pare le fond
de la vallée ; c'est là une des lignes d'établissements humains les plus nettement définies de la région parisienne :
de Valmondois à Pontoise et à Andrésy se succèdent villages et châteaux dominant les vergers ; la position maîtresse est *Pontoise*, vieille forteresse bâtie, comme Luzarches, sur un solide éperon de calcaire grossier commandant le passage de l'Oise, en face de la vallée d'Enghien ;
cette vallée, continuée par celle de la Viosne, forme route
naturelle vers Gisors (par Boissy-l'Aillerie) suivie par le
chemin de fer de Dieppe ; aussi Pontoise, où la route de
Rouen franchissait l'Oise, fut jadis capitale du Vexin français et en est resté un des principaux marchés agricoles. —
Après une dernière boucle, l'Oise, se heurtant à la côte de
l'Hauthie, va rejoindre la Seine près de *Conflans-Sainte-
Honorine*.qui doit son nom à ce confluent ; la rivière y est
animée par la navigation, très active, qui unit Paris à la
Région du Nord.

Le Plateau du Vexin. — A partir de ce rebord de la
vallée de l'Oise, rebord dont l'altitude est d'environ 100 mètres, commence le Vexin français, plateau de calcaire grossier qui se relève lentement vers l'ouest jusqu'à l'escarpement dominant la vallée de l'Epte et le Vexin normand (voir
Description générale, p. 17) ; il a été entamé par l'érosion
de plusieurs cours d'eau, affluents de l'Oise et de la Seine,

qui y ont creusé, jusqu'à l'argile plastique, des *vallées* verdoyantes, fraîches et même humides, tout en prés sous leurs peupliers, comme celle du *Sausseron*, par Labbeville et Valmondois, comme celle de la *Viosne*, par Boissy-l'Aillerie, comme celle de l'*Aubette*, tributaire de la Seine à Meulan, qui a déblayé les terrains jusqu'à la craie (dont on aperçoit la tache verte près du bord gauche de la Carte).

Entre ces vallons, s'étend la grande *plate-forme calcaire* du Vexin, couverte de limon et par endroits de sables de Beauchamp, pays découvert où la grand route de Paris à Rouen, comme jadis la voie romaine, court en ligne droite. Cette plaine de culture, semée de grandes fermes mais surtout de villages agglomérés et entourés d'arbres comme en Picardie, a un relief très nettement caractérisé par l'uniformité du plateau et par le profil abrupt des vallons entaillés dans le calcaire grossier.

Les Buttes du Vexin. — Pourtant si l'érosion a déblayé les couches superficielles jusqu'à ce dur calcaire, elle en a laissé subsister quelques *buttes-témoins* alignées, comme les précédentes et pour les mêmes raisons, du nord-ouest au sud-est ; elles sont dispersées aux quatre angles du Vexin comme des bastions : les deux buttes occidentales, celle de *Montjavoult* au nord-ouest, la *Forêt d'Arthies* au sud-ouest dominant la vallée de la Seine entre Meulan et la Roche-Guyon, ne sont pas atteintes par notre Carte ; mais on y aperçoit, à l'angle gauche, les hauteurs boisées de *Marines* (194 m.), décomposées en plusieurs alignements parallèles jusqu'à Epiais et Cormeilles-en-Vexin ; et, la principale côte, au sud, l'*Hauthie* 184 m., massif allongé et rétréci à ses deux extrémités dont la pointe orientale domine de 150 mètres le confluent de l'Oise et de la Seine : de tous les environs de Paris, c'est là que l'érosion a établi la plus grande différence de niveau entre plateau et vallée.

Ces buttes du Vexin ont toutes la même composition : leurs flancs sont formés du gypse, des marnes vertes et des sables de Fontainebleau ; leur couronnement, de meulière de Beauce ; de là leur humidité et leurs forêts. La plus importante, la côte de l'Hauthie, présente, par suite de l'intensité de l'érosion, la série particulièrement complète des divers terrains, depuis le calcaire grossier du soubassement, extrait en carrières au bord de la Seine, à Andrésy, jusqu'au calcaire de Beauce, en passant par le gypse, également exploité.

C'est aussi l'un des points de la région parisienne où l'on observe le plus nettement la dépendance des établissements humains à l'égard de la pierre à bâtir et des sources ; sur les deux rives du fleuve, de gros bourgs se sont établis sur le calcaire grossier où des puits peu profonds atteignaient la couche aquifère de l'argile plastique, tels *Andrésy* et *Triel* sur la rive droite, *Poissy*, *Médan* et *Verneuil* sur la rive gauche. — A flanc de coteau, une seconde ligne de villages ou de châteaux jalonne la ceinture verdoyante qui suit, sur les pentes de l'Hauthie, l'affleurement des marnes vertes et par là même des sources : tels *Boisemont* au nord, *Chanteloup* au sud, tandis qu'au sommet l'homme s'écarte de la forêt, souvent marécageuse, qui couvre seule le calcaire de Beauce, ici transformé en meulière très argileuse et non cultivable. Par contraste, les riches cultures fruitières reparaissent sur le versant exposé au midi : celle des abricotiers, très ancienne, à Triel et jusque devant Mantes, celle de la vigne à Chanteloup.

L'Hauthie, dont la masse imposante ferme à l'est le cirque de Paris, présente ainsi comme un résumé très complet et très expressif de toute la topographie parisienne.

V. LA VALLÉE ALLUVIALE DE LA SEINE. — C'est au centre de ces hauteurs, marges des plateaux avoisinants, que l'érosion a creusé la large vallée alluviale où la Seine trace maintenant de nombreux méandres qui lui donnent un cours de 80 kilomètres en un espace de 30, et où la rejoignent la Marne et l'Oise. La grosseur des *graviers* et des *cailloux granitiques* du Morvan que l'on trouve dans ces alluvions anciennes, la hauteur où ils ont été déposés sur les pentes de la vallée (jusqu'à 50 ou 60 m. au-dessus du niveau de la Seine actuelle) montrent qu'ils n'ont pu être transportés que par un courant incomparablement plus puissant dont ils étaient les dépôts de fond. Au-dessus s'étendent des *sables gras*, analogues à ceux que laissent tomber aujourd'hui les fleuves dans leurs sections les plus lentes : ce sont des alluvions de rives.

Dégagée du plateau de Brie par le passage large de 2 kilomètres qui s'ouvre entre Villeneuve-Saint-Georges et Ablon, la Seine pénètre dans la vaste *plaine alluviale de Choisy-le-Roi*, de 10 kilomètres de longueur sur 8 de largeur, entre le plateau de Villejuif-Ivry et le rebord de la Brie prolongé au nord par les hauteurs de Montreuil-sous-Bois. Cette plaine, où confluent la Seine et la Marne, est une des grandes voies d'accès naturel de Paris : parallèlement à l'ancienne grand'route de Lyon, les chemins de fer de Lyon et d'Orléans y pénètrent en longeant la Seine, le premier sur la rive droite, le second, sur la rive gauche.

Le creusement de la vallée s'est fait jusqu'au *calcaire grossier*, extrait jadis des catacombes comme aujourd'hui des carrières de Gentilly, d'Arcueil, de Vaugirard, où l'on exploite aussi l'argile plastique sous-jacente ; c'est le calcaire grossier qui constitue la plate-forme de *Maisons-Alfort*, celle que la Marne contourne à *Saint-Maur*, et le soubassement du *bois de Vincennes*. Mais la vallée est couverte, jusque sur ses flancs, *d'alluvions* formant plusieurs terrasses d'époque différente, généralement sableuses et siliceuses, exploitées dans les vastes *sablières d'Ablon* en face de Villeneuve-Saint-Georges ; sur la rive droite ces alluvions anciennes, d'âge tertiaire, étalent leurs cailloux roulés de silex et de quartz jusque sur la *forêt de Sénart* en bordure de la Brie ; au nord de la Marne, des sables et graviers analogues portent le *bois de Vincennes*, étendu jusqu'aux portes de Paris.

Dans Paris même, la vallée alluviale, où nous retrouvons les mêmes graviers anciens dans la *plaine du Gros-Caillou*, s'étend en croissant sur 2 ou 3 kilomètres de large entre la plate-forme convexe du sud et les hauteurs de la rive droite, morcelées par la rencontre des eaux de la Marne et de la Seine ; là, la plaine Saint-Denis se prolonge par une *dépression*, large de près de 3 kilomètres, ouverte entre *Belleville* et *Montmartre*. Cette dépression a toujours été le grand vestibule de Paris : c'est par là qu'arrivait jadis la route de Flandre ; c'est là que se tenaient, à son débouché près de la Seine, les grandes foires de la capitale au Moyen Age, comme celle du Lendit ; c'est dans cette même trouée, aujourd'hui hérissée de cheminées d'usines, que se rassemblent avant de pénétrer dans Paris les chemins de fer (de l'Est et du Nord) et les canaux (de l'Ourcq et de Saint-Denis).

Après la traversée de la capitale, les *grandes boucles* tracées par la Seine offrent le contraste habituel entre la rive concave, affouillée par le travail des eaux et ainsi dressée en rebord abrupt, et la rive convexe, où la lenteur du courant laisse tomber les alluvions (1). Le premier méandre entoure la plaine et le *bois de Boulogne*, couvert des mêmes graviers que le bois de Vincennes, aussi est-ce le même sol cailloux et ingrat, les mêmes arbres rachitiques ; à cette plaine, font face, sur la rive concave, les hauteurs abruptes de *Meudon*, de *Sèvres*, de *Saint-Cloud*, puis la butte isolée du *Mont-Valérien*. — Une seconde boucle contourne la presqu'île alluviale de *Gennevilliers* dont les sables et graviers anciens, convertis en champs d'épandage, sont couverts de riches cultures maraîchères ; en face, mais cette fois sur la rive droite, s'élèvent les hauteurs de la *Butte Pinson* et de *Sannois*. De même, la *plaine plate d'Argenteuil*, à Chatou et au Vésinet, fait face aux *coteaux de Marly*, dominant, dans un gracieux paysage, le tournant de la Seine. — Le méandre qui y commence entoure la *forêt de Saint-Germain* dont le soubassement de calcaire grossier est partiellement recouvert des mêmes alluvions siliceuses anciennes que celles du bois de Vincennes : enfin la plaine alluviale de la rive droite au sud de l'Hauthie descend jusqu'à la Seine, au pied des coteaux de *Poissy* et de *Médan*.

VI. LA SEINE DANS PARIS ET L'INONDATION DE 1910. — L'ancienne boucle de la Seine quaternaire. — De cette vallée parisienne de la Seine, la section la plus intéressante est évidemment celle qui traverse la grande ville, en courbe irrégulière, de Bercy à Auteuil ; il ne fau-

(1) Voir p. 37.

drait pas croire que la Seine ait toujours eu cette direction
ni qu'elle ait suivi ce lit unique, seulement divisé par
les îles Saint-Louis et de la Cité; le fleuve quaternaire
était, nous l'avons déjà dit, beaucoup plus puissant; de
plus, après l'étranglement, long de 5 kilomètres, large de
2 à peine, où passent aujourd'hui, entre les plates-formes
d'Ivry et de Charenton, les eaux réunies de la Seine et de
la Marne, il décrivait une *immense boucle*, plus accentuée
et plus septentrionale que celle d'aujourd'hui, analogue à

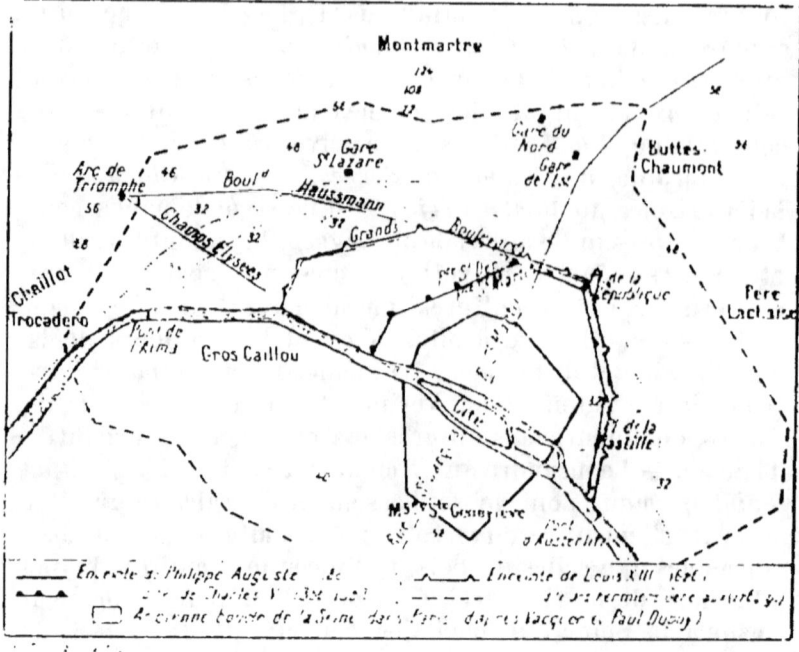

celles que la Seine dessine encore en aval de Paris. — Dans
ce grand tournant, le fleuve avait sa plus grande vitesse,
et par conséquent sa plus grande force érosive, contre sa
rive droite (rive concave), où il affouilla la base des trois
collines morcelées de *Ménilmontant-Belleville* (101 m.),
de *Montmartre* (130 m.), et de *Chaillot* (60 m.); de là, la
raideur des pentes de la rue de Belleville et de la rue des
Martyrs; au contraire, il déposait ses graviers sur sa
rive gauche (rive convexe), en contournant de loin les

hauteurs de la *Montagne Sainte-Geneviève* (65 m.) ; ce sont ces graviers qui constituent maintenant le sol des quartiers du centre de Paris, tant sur la rive droite de la Seine actuelle jusqu'aux buttes du nord, que sur la rive gauche notamment dans la plaine du Gros-Caillou. — La figure montre qu'à cette ancienne boucle de la Seine correspond encore une *dépression arrondie*, qui, partant du pont d'Austerlitz, passe par les places de la Bastille et de la République, puis au nord des grands boulevards en coupant le boulevard Haussmann et les Champs-Élysées, pour rejoindre finalement la Seine au pont de l'Alma. Si l'on ne tient pas compte des remblais de toutes sortes que, comme dans toutes les villes, les matériaux de construction et leurs débris séculaires ont accumulés sur le sol naturel, ainsi très sensiblement exhaussé, cette dépression, large de 200 à 300 mètres, se creuse à un niveau variant de 27 à 31 mètres seulement d'altitude au-dessus de celui de la mer. Cette hauteur ne dépasse guère celle du fleuve actuel (26 m.), fait dont on va voir la grande importance.

Si la Seine abandonna cet ancien lit, c'est probablement que ses eaux, de volume amoindri, se contentèrent d'une dérivation du fleuve coupant la boucle par la rive gauche, ancien bras de décharge, plus court, utilisé par les grandes crues ; peut-être faut-il y ajouter l'influence de la Marne, qui, après avoir primitivement conflué dans la plaine de Choisy, abandonna cet ancien lit pour se reporter plus au nord en contournant la plate-forme de Saint-Maur et finir dans la Seine à Charenton : or elle y arrive avec une pente plus forte et un cours plus rapide que celui du fleuve, auquel elle a dû imposer sa propre direction d'est en ouest.

Quoi qu'il en soit, la dépression arrondie de moins de 31 mètres d'altitude, qui longe les hauteurs de la rive droite dans Paris, est une ancienne boucle abandonnée de la Seine préhistorique, analogue à celles que l'on trouve encore le long du Danube hongrois ou du Mississipi. Comme l'ancien lit, le nouveau fut creusé dans les épaisses couches de graviers et d'alluvions quaternaires étalées sur le socle de calcaire grossier.

Ces circonstances ont été de grande conséquence, tant

pour la croissance de Paris que pour le régime du fleuve qui le traverse.

La croissance de Paris. — Tandis que le Paris du Moyen Age se contentait, sur la rive gauche, de reconquérir par son Université la Montagne Sainte-Geneviève, il s'étendit largement au contraire sur les prairies de la rive droite, dont le sol alluvial était à l'altitude moyenne de 33 mètres, entre le lit de la Seine et la boucle morte ; le mur de Charles V longeait celle-ci, exactement de la Bastille à la place de la République, d'un peu moins près à l'ouest du Temple ; aussi était-il précédé de fossés toujours remplis d'eau et de marais.

Même quand ce mur eut été remplacé au XVII° siècle par les grands boulevards, Paris, qui gagnait alors vers l'ouest, était arrêté au nord par ces marais et des jardins humides, seulement traversés par des chaussées surélevées et bordées de deux files de maisons ; elles reliaient la ville aux faubourgs, grandissant sur le sol ferme au delà de l'ancien lit fluvial [1]. — C'est seulement après la construction d'un grand égout en 1740 et l'assèchement complet des marais à la fin du XVIII° siècle que les jardins d'agrément et les hôtels s'y multiplièrent, par exemple ceux de la Chaussée d'Antin, dont le nom évoque nettement le rôle primitif ; le mur d'octroi des fermiers généraux (1784) engloba ces nouveaux quartiers jusqu'au pied des buttes de Ménilmontant-Belleville, de Montmartre et de Chaillot. — Enfin c'est seulement au XIX° siècle qu'annexant ses anciens faubourgs, Paris couvrit de maisons ces hauteurs, jadis contournées par la Seine quaternaire.

Les inondations. — On voit donc que le tracé de la boucle morte a eu une grande influence sur les étapes de la croissance de Paris ; il n'en eut pas moins sur les inondations provoquées dans la ville par les crues, question qui n'est pas seulement rétrospective, mais vraiment actuelle, surtout depuis l'événement de 1910. — Il a été dit que le

1. Entre la Seine et le faubourg Saint-Denis, par la Bastille et la place de la République, l'enceinte de Louis XIII (1626) n'avait pas dépassé celle de Charles V le long de l'ancien lit de la Seine.

niveau primitif de la dépression arrondie, représentant l'ancien lit, reste partout inférieur à 31 mètres d'altitude ; or, les crues de la Seine, en dépit de sa régularité, atteignent fréquemment cette hauteur : donc, comme les eaux d'infiltration traversent aisément les graviers du sous-sol, le fleuve devrait, à chaque forte crue, reparaître dans son ancien lit.

C'est ce qui arrivait encore au vɪᵉ siècle : d'après un chroniqueur, lors de l'inondation de 583, des bateaux firent naufrage entre la Cité et la basilique Saint-Laurent (devant la gare de l'Est) : — aux crues de 1281 et de 1296, l'extrémité nord des rues Saint-Martin et Saint-Denis, encore faubourgs, fut envahie par l'eau et l'on n'y pouvait gagner les portes de la ville, situées plus au sud, qu'en bateau.

De même après la construction du mur de Charles V : dès que la Seine débordait, on revoyait ses eaux dans l'ancien lit que longeait cette enceinte. Ainsi, lors de la grande crue de 1658 où le niveau de la Seine dépassa probablement de 0 m. 30 celui de 1910 (1), les eaux, partant de la Râpée, encore hors de Paris, envahirent le faubourg Saint-Antoine, le marais du Temple, franchirent successivement les chaussées des faubourgs Saint-Martin, Saint-Denis et Montmartre ; là elles furent rejointes par celles d'aval qui, refluant du pont de l'Alma actuel, avaient dépassé la chaussée du faubourg Saint-Honoré et celle qui correspondait à la rue de Rome actuelle : l'ancienne Seine quaternaire se trouvait ainsi totalement reconstituée ; et comme alors les égouts aboutissaient aux marais qui en marquaient l'emplacement, ils permirent aux eaux de remonter jusqu'au cœur même de la ville, en sorte que les rues Saint-Denis et Montmartre furent inondées jusqu'aux Halles.

La construction du grand égout de 1740 et les travaux d'assèchement du xvɪɪɪᵉ siècle empêchèrent dès lors les eaux, même aux plus grandes crues, de se rejoindre à nouveau ; mais, à chaque inondation importante, on les vit s'efforcer de reprendre, par infiltration en amont

(1) Cote de la crue de 1910 au pont de la Tournelle : 34 m. 79, le niveau habituel de la Seine y étant à 26 m. 29, soit une crue de 8 m 50.

et en aval, leur cours ancien et naturel ; ainsi en 1802, où la crue fut inférieure de 1 mètre à celle de 1910, l'eau, sans remonter jusqu'à la Chaussée d'Antin, couvrit l'espace situé entre le boulevard Haussmann et la gare Saint-Lazare actuels ; en amont, l'inondation regagna aussi une partie de l'ancien lit, notamment la rue de la Roquette, près de la Bastille.

Enfin, en 1910, la crue [1] manifesta les mêmes tendances. Les eaux, qui atteignirent le niveau de 35 mètres au lac d'Alfortville, durent se déverser en torrent par le couloir de la Seine, imprudemment rétréci et transformé en défilé par les quais, les constructions empiétant sur le fleuve et par l'exhaussement général, alors que, primitivement, elles auraient eu, en pareil cas, un large chenal pour s'épancher ; aussi, en amont, elles envahirent, après les quais de Bercy et de la Râpée, les abords de la gare de Lyon et dépassèrent au nord le faubourg Saint-Antoine ; en aval, partant toujours du pont de l'Alma, elles couvrirent l'avenue Montaigne, puis, par infiltration reparurent en large nappe sur le boulevard Haussmann jusque devant la gare Saint-Lazare ; les inondations des caves précisèrent encore et dans les deux sens cette tentative dernière de la Seine pour reprendre possession de son ancienne boucle [2] ; il est certain, que sans l'exhaussement séculaire du sol de la ville, une crue aussi formidable l'aurait entièrement reconquise, et le centre de Paris serait redevenu pour quelques jours ce qu'il était à l'ère quaternaire, c'est-à-dire une île. — Cependant la grande différence de cette inondation avec celle de 1658, c'est que, non seulement les eaux ne se rejoignirent pas au nord, mais que les quartiers compris entre la Seine morte et la Seine actuelle restèrent totalement indemnes ; la raison en était la transformation des égouts, aboutissant, depuis les grands travaux de l'ingénieur Belgrand après 1854, aux collecteurs qui se réunissent à la Seine à Clichy.

En banlieue, l'inondation, ressuscitant plus librement la

---

1. Pour son explication hydrographique, voir Description générale, pp. 42 et 43.

2. Sur la rive gauche le courant déversé a pu faire au aval du Gros-Caillou et de Grenelle.

Seine quaternaire, forma un vaste lac dans la plaine de Choisy, de Villeneuve-Saint-Georges à Charenton, envahissant les agglomérations récentes, comme Alfortville, imprudemment bâties sur les alluvions, tandis que les anciens villages, Ivry, Charenton, Maisons-Alfort, Saint-Maur, Nogent, placés sur les premières côtes, échappèrent au fléau. — En aval, l'eau reconquit les rives convexes et alluviales de ses méandres, ainsi la presqu'île de Gennevilliers jusqu'à Asnières et Colombes, et, le long de la boucle suivante, la plaine alluviale de la rive gauche jusqu'à Nanterre, puis celle de la rive droite par le Vésinet jusqu'en face de Maisons-Laffitte.

On voit donc la puissante influence que le fleuve a eue sur la ville; d'abord sur sa croissance : partie de la petite île située sur la Seine historique, elle a pu escalader de bonne heure, mais sans la dépasser de longtemps, la hauteur la plus rapprochée du fleuve, cette forteresse de la rive gauche, jadis rebord du tournant du grand courant quaternaire; sur la rive droite, où Paris put d'abord s'étendre librement, il s'arrêta plusieurs siècles le long des marais de l'ancien lit ; et c'est seulement quand il se fut décidé à les conquérir qu'il put envelopper, puis dépasser à leur tour les anciennes îles formant les coteaux du nord; aujourd'hui la marée montante de ces maisons couvre presque tout le cirque alluvial qu'avait tracé la Seine quaternaire dans le futur Parisis, en amont depuis le couloir Ivry-Charenton, en aval au delà du tournant de Saint-Denis jusqu'aux hauteurs de Sannois : la ville s'est ainsi modelée sur l'empreinte gravée dans le sol par le puissant fleuve primitif (1).

Et d'autre part, quelque artificiels que soient devenus, après tant d'exhaussements ou de déblaiements, le sol même de Paris et, après tant de rétrécissements et de conquêtes sur les anciens bras, le lit de la Seine, les conditions naturelles de l'un et de l'autre restent si impérieuses qu'on les a vues subitement se révéler à l'homme, surpris dans sa confiance en son œuvre ; un désastre comme celui de 1910 n'était pas un fait nouveau, mais simplement un

(1) D'après PAUL DUPUY.

nouvel exemple d'un phénomène périodique résultant des changements de lit d'une Seine amoindrie, une révolte de sa force naturelle, un instant ressuscitée, contre les travaux des hommes acharnés non seulement à maîtriser le fleuve, mais à s'aménager sur ses rives des facilités toujours plus grandes de circulation.

VII. **LE CAMP RETRANCHÉ DE PARIS.** — Il nous reste enfin à montrer comment la topographie des environs de Paris a été utilisée pour sa mise en défense ; le camp retranché a été constitué en deux étapes : après 1840 et après 1870.

Le Camp retranché de 1840. — Les événements de 1814 et de 1815 avaient montré les terribles inconvénients, pour la France, d'une capitale ville ouverte : deux fois de suite, la prise immédiate de Paris par les alliés mit fin prématurément à la résistance. En effet Paris est non seulement le centre du gouvernement, mais celui de son action administrative et militaire sur tout le pays et plus que jamais depuis que les chemins de fer en rayonnent sur la France entière. C'est en 1840, au moment des menaces de guerre européenne suscitées par la Question d'Orient, que Thiers, ministre de Louis-Philippe, fit adopter par les Chambres un plan de fortification de Paris : pour que la protection fût complète, la ligne fortifiée ne pouvait laisser en dehors les hauteurs dominant immédiatement la ville, Belleville, Montmartre, Chaillot, qui étaient alors des communes distinctes, mais elle ne pouvait englober de même les collines moins rapprochées qu'il était cependant indispensable de défendre ; de là le double programme exécuté de 1840 à 1844 : 1° une *enceinte continue* de 34 kilomètres et demi de développement, comprenant 94 bastions et entourant les premières hauteurs ; 2° 16 *forts détachés* en avant de cette enceinte, notamment sur les collines plus éloignées : d'ailleurs celles-ci ne défendaient naturellement que deux secteurs : le plateau de Romainville celui de l'Est, le Mont Valérien celui de l'Ouest ; dans l'intervalle, c'est en plaine que les forts furent établis. — Ils constituaient quatre secteurs :

1º **Secteur du Nord**, *de la Seine au canal de l'Ourcq.* — La Plaine Saint-Denis, dépourvue de tout obstacle naturel, fut défendue par des ouvrages assez rapprochés commandant l'arrivée des chemins de fer et des routes du Nord : d'abord les trois forts de Saint-Denis : *fort de la Briche, Double-Couronne* et *fort de l'Est ;* de plus, des écluses permirent de barrer les ruisseaux affluents de la Seine et d'inonder la plaine à l'est de Saint-Denis, où fut encore construit le *fort d'Aubervilliers.*

2º **Secteur de l'Est**, *du canal de l'Ourcq à la Seine.* — Au delà du canal de l'Ourcq, le plateau de Romainville, dressé entre la Plaine Saint-Denis et la vallée de la Marne, et théâtre de la bataille du 30 mars 1814, fut transformé en une véritable place d'armes, couronnée par les forts de *Noisy-le-Sec,* de *Romainville,* de *Rosny* et de *Nogent,* celui-ci dominant directement la Marne ; de plus la boucle de cette rivière, à Saint-Maur, fut barrée par une encéinte bastionnée appuyée par la redoute de *Gravelle ;* en arrière était conservé le vieux château de Charles V, à *Vincennes.* — Sur la rive gauche de la Marne, entre cette rivière et la Seine, le confluent fut défendu par le fort de *Charenton,* établi en plaine. — Tous ces ouvrages commandaient l'accès des routes et des chemins de fer de Champagne et de l'Est.

3º **Secteur du Sud.** — Sur la rive gauche de la Seine les forts furent disposés en ligne et presque tous à égale distance de l'enceinte ; sur la plate-forme découverte d'Ivry, entre la Seine et la Bièvre, les forts d'*Ivry* et de *Bicêtre ;* sur celle de Montrouge-Issy, les forts de *Montrouge,* de *Vanves* et d'*Issy.* — Le plateau de Châtillon qui domine cette plaine ne reçut aucune défense, faute qui rendit possible, en 1870, le bombardement de Paris.

4º **Secteur de l'Ouest.** — A l'ouest, les boucles de la Seine protégeaient efficacement la capitale ; seule donc la butte du *Mont Valérien* (161 m.) fut couronnée d'une véritable citadelle commandant le cours du fleuve et la presqu'île de Gennevilliers, les défenses ne reprenant qu'au delà de ce méandre, dans la Plaine Saint-Denis.

Lors de la guerre de 1870, on voulut combler hâtivement, surtout au sud, les lacunes de ce camp retranché, trop rapproché de l'enceinte ; des batteries furent élevées sur le plateau d'Avron, aux Hautes-Bruyères (près de Villejuif), sur le plateau de Châtillon ; mais la rapidité de la marche des Allemands après Sedan ne permit pas de compléter ni d'armer ces ouvrages, dont plusieurs furent occupés par l'ennemi.

Le *siège de 1870* démontra l'insuffisance du camp retranché ; les batteries allemandes, installées sur les hauteurs du Raincy et de Montfermeil, bombardèrent à partir du 27 décembre le plateau d'Avron et les forts de l'Est ; celles qui furent établies sur les hauteurs du Sud entre Saint-Cloud et Chevilly (1), notamment sur la terrasse du château de Meudon et sur l'éperon de Châtillon, à 1.750 m. seulement du fort de Montrouge, couvrirent d'une pluie d'obus les forts du Sud à partir du 5 janvier 1871, ainsi que les quartiers parisiens de la rive gauche ; enfin, au nord, les batteries des hauteurs de Montmorency, de la Butte-Pinson et du Bourget bombardèrent Saint-Denis, à partir du 21 janvier.

Le Camp retranché actuel. — Pour mettre dorénavant Paris à l'abri des obus et en rendre l'investissement très difficile, il fut décidé, après la guerre, de créer un immense camp retranché englobant les hauteurs, isolées ou non, qui dominent le cirque parisien et qui avaient servi de points d'appui ou de bombardement aux assiégeants de 1870. — Parmi ces hauteurs, cinq massifs se prêtaient particulièrement à l'établissement de fortifications : 1° au nord de Saint-Denis, la *Forêt de Montmorency* ; 2° au nord de la Marne, la *Côte de Vaujours* ; 3° à l'ouest de Paris, le *massif de l'Hauthie*, et 4° la *Forêt de Marly* ; 5° au sud, les *plateaux du Hurepoix* ; au sud-est le *rebord de la Brie* constituait aussi une position militaire dominant le confluent de la Marne et de la Seine. Sauf l'Hauthie, position jugée trop excentrique, toutes ces hauteurs furent comprises dans le camp retranché : c'est là que furent établis les *forts extérieurs* ; les *anciens forts*, insuffisants contre l'artillerie moderne, n'ont plus qu'une valeur très secondaire ; ils pourraient au besoin servir de seconde ligne ou de réduit aux défenseurs chassés des forts extérieurs.

(1) Dans la plaine de Villejuif.

On a constitué ainsi trois vastes camps retranchés : au nord, à l'est, au sud-ouest.

A) **Camp retranché du Nord.** — Ce secteur s'étend de l'Oise au canal de l'Ourcq ; il est de grande importance puisque toutes les routes du nord-ouest et du nord viennent y converger. Aussi les défenses ont-elles été reportées fort en avant, ce qui obligerait un assiégeant à se déployer plus au nord, sur un front très étendu et dans un pays qui, au moins à l'ouest, est couvert de forêts (de Coye, de Carnelle, de l'Isle-Adam) où son installation serait difficile et pourrait être aisément contrariée par la défense mobile. — Ce secteur comprend trois groupes d'ouvrages : ceux de la côte de *Sannois*, ceux de la *Forêt de Montmorency*, ceux de la *Plaine Saint-Denis*.

1° **Côte de Sannois.** — Cette belle position, dont l'arête ferme la presqu'île de Houilles-le-Vésinet, porte à son extrémité occidentale le fort de *Cormeilles* (170 m. d'altit.), au-dessus de Cormeilles-en-Parisis, qui domine de près de 150 mètres la Seine et la grande ligne des chemins de fer de l'Ouest ; plusieurs redoutes et batteries s'alignent jusqu'à l'autre extrémité de l'arête, au-dessus de Sannois. — C'est à cette côte que s'arrêtent les défenses à l'ouest ; et pourtant, sur la rive droite de l'Oise, l'*Hauthie* forme une forteresse naturelle si puissante que son occupation et son armement seraient très vraisemblablement nécessaires, d'autant plus qu'elle pourrait croiser ses feux, par-dessus la Seine, avec les ouvrages extrêmes de la forêt de Marly.

2° **Forêt de Montmorency.** — Au delà de la vallée d'Enghien, la forêt de Montmorency constitue, avec ses trois crêtes et ses vallons parallèles, une admirable position pour les troupes de la défense mobile ; le massif, plus compact, qui la termine au sud-est a été armé de trois forts disposés en triangle : à l'ouest, celui de *Montlignon* (172 m.) et au sud celui de *Montmorency* (168 m.) commandent la vallée d'Enghien et le chemin de fer de Pontoise-Dieppe ; à la pointe nord celui de *Domont* (181 m.), complété par des batteries, domine la petite plaine séparant la forêt de Montmorency de celle de l'Isle-Adam et la ligne de Beauvais. — Enfin, plus à l'est, face au fort de Domont avec lequel il croise ses feux. Le puissant fort d'*Écouen* couronne la butte de ce nom (152 m.) : avec ses batteries annexes, il maîtrise à l'ouest la même voie ferrée, à l'est la grande ligne du Nord vers Creil, Calais et Lille.

3° **Plaine Saint-Denis.** — Ces ouvrages d'Écouen dominent déjà la partie occidentale de la plaine de France ; à l'est, l'accès en serait rendu difficile par les inondations qu'on peut provoquer grâce aux barrages du ruisseau de Gonesse (le Crould) ; plus au sud, l'approche de la Plaine Saint-Denis est défendue par des ouvrages perchés sur les dernières buttes-témoins qui prolongent le massif de Montmorency : la batterie du *Mont Pinson* (101 m.), sur son mamelon isolé, relie les défenses de Montmorency au fort, très considérable, de *Stains* (70 m.), établi sur la butte située au nord de cette localité ; en arrière, plusieurs batteries, près de Stains même, protègent les raccordements du chemin de fer de Grande-Ceinture et de la grande ligne du Nord. — Plus à l'ouest, la Plaine Saint-Denis n'a pas reçu de nouveaux ouvrages : c'est la première des trois lacunes du camp retranché ; mais on pourrait y étendre une surface d'inondation par les écluses du ruisseau d'Aulnay (la Morée) et défendre ainsi l'important croisement de voies ferrées du Bourget ; de plus, dans cette trouée ménagée avec intention, soigneusement étudiée au point de vue stratégique et flanquée à droite et à gauche de hauteurs fortifiées, l'ennemi ne pourrait avancer sans grand risque.

B) **Camp retranché de l'Est.** — Ce secteur, étendu du canal de l'Ourcq à la Seine, rassemble les voies ferrées convergeant du nord-est, de l'est et du sud-est ; il comprend deux groupes de positions très différentes, séparées par la Marne : la *Côte de Vaujours*, le *rebord du plateau de Brie*.

1° **Côte de Vaujours.** — De ce haut massif, allongé entre le canal de l'Ourcq et la Marne, la partie occidentale, la plus boisée (forêt de Bondy), a été seule utilisée pour la défense, à l'ouest de la ligne Villeparisis-Chelles ; sur le versant nord, les batteries de *Livry* commandent la Plaine Saint-Denis et le chemin de fer de Soissons ; de même le fort de *Vaujours*, un des plus puissants du camp retranché, flanqué de plusieurs batteries qui font face à la fois au nord et à est, sur le versant sud, les batteries dominant *Montfer-meil* croisent leurs feux avec le fort de *Chelles*, bâti sur un mamelon isolé (108 m.) qui commande la Marne et la grande ligne de l'Est (vers Reims et Nancy). En arrière, les anciens forts du plateau de Romainville constituent une seconde ligne. — La partie orientale de la Côte de Vaujours, vers Villevaudé, n'a reçu aucun ouvrage : son relief et ses bois en faciliteraient la défense.

2° Rebord de la Brie. — Entre la Marne et la Seine, la topographie est moins favorable à la fortification : les pentes, au lieu de tourner leur rempart vers l'extérieur, font face à Paris, tandis qu'à l'est s'étend le vaste plateau de Brie, coupé il est vrai de vallons assez encaissés et couvert ici de grandes forêts, comme celles d'Armainvilliers et de Notre-Dame, peu praticables et avantageuses pour la défense mobile. Donc les ouvrages ont dû être établis sur le rebord du plateau, de manière à battre à la fois celui-ci et les vallées de la Marne et de la Seine ; plusieurs d'entre eux occupent le champ de bataille même de Champigny (2 déc. 1870) : le fort de *Villiers* (100 m.) commande la ligne de Belfort ; celui de *Champigny* (93 m.) domine et protège la presqu'île de Saint-Maur ; celui de *Sucy*, en arrière du grand bois Notre-Dame, surveille le vallon de Pontault à Bonneuil (où coule le Morbras) ; enfin, à l'extrémité de l'éperon par lequel se termine la Brie, au-dessus du confluent de l'Yerres et de la Seine, le grand fort de *Villeneuve-Saint-Georges*, très puissant, commande ces deux vallées, le chemin de fer de Lyon sur la rive droite du fleuve, celui d'Orléans sur la rive gauche. — Si ces ouvrages ne battent pas les dehors de Paris d'aussi haut que ceux des collines du nord, leur ensemble constitue sur la Marne une solide « tête de pont » qui non seulement maîtrise routes et chemins de fer arrivant de l'est, mais assure un passage facile de la rivière aux armées de la défense mobile, qui auraient à se porter dans cette direction (1).

C) Camp retranché du Sud et de l'Ouest. — Le

(1) Ce qui était l'objectif de l'armée de Ducrot, arrêtée le 2 décembre 1870 à la bataille de Champigny.

camp retranché du sud et de l'ouest s'étend en une lign immense sur toute la rive gauche de la Seine, de Ville-neuve-Saint-Georges à Poissy. Les forts y sont moins nom-breux et moins rapprochés qu'au nord et à l'est : outre que ce secteur méridional n'est pas celui que doit naturellement aborder un envahisseur, son relief accidenté, ses plateaux allongés et coupés de profondes vallées, en rendraient l'at-taque particulièrement malaisée. — Les principales défenses ont été établies dans la *plaine de Villejuif*, sur la *ligne de la Bièvre* et dans la *forêt de Marly*.

1° **Plaine de Villejuif**. — Entre la Seine et la Bièvre, la plate-forme horizontale de Villejuif, commandée pour sa partie orientale par le fort de Villeneuve-Saint-Georges, ne présente aucun relief formant position défensive : aucun ouvrage n'y a été construit, sauf la redoute des *Hautes-Bruyères*, entre Villejuif et Bourg-la-Reine. C'est une se-conde trouée, dont la défense serait d'ailleurs facilitée par la raideur des pentes par lesquelles tombe le plateau, à l'est et au sud, sur la ligne d'eau de la Seine, de l'Orge et de l'Yvette dont les vallées dessinent à son pied un profond ossé ; de plus la position est appuyée, sur ses deux flancs, par les deux puissants forts de *Villeneuve-Saint-Georges* à l'est et de *Palaiseau* à l'ouest ; celui-ci, juché à 161 mètres d'altitude sur le promontoire dominant Palaiseau et com-plété par plusieurs batteries, commande les deux vallées de l'Yvette et de la Bièvre, le chemin de fer de Limours et la route d'Orléans.

2° **Ligne de la Bièvre**. — A Palaiseau commence une ligne d'ouvrages qui, sur les deux rives de la Bièvre, se prolonge jusqu'à Versailles ; cette ville, quartier général des Allemands en 1870, est ainsi englobée dans le camp re-tranché de Paris. — La vallée de la Bièvre, excellent fossé défensif, a été fortifiée d'ouvrages établis sur les plateaux du nord jusqu'à Sceaux : ce sont d'abord les cinq batteries dites *Réduit de Verrières*, couronnant le saillant élevé que dresse la forêt de Verrières au-dessus du débouché de la Bièvre dans la plaine de Bourg-la-Reine ; au nord l'éperon par lequel le plateau se termine au-dessus de Sceaux et de Clamart est surmonté du fort et de la redoute de *Châtillon* (169 m.), qui croisent leurs feux avec les Hautes-Bruyères.

Mais cette vallée de la Bièvre, malgré sa force défensive, est trop rapprochée de Versailles et même de Paris : les principaux ouvrages qui la défendent ont donc été reportés sur le plateau qui domine la rive méridionale, le plateau de Saclay, bordé lui-même au sud par les pentes abruptes qui tombent sur la vallée de l'Yvette (à Orsay) et sur le profond vallon de Châteaufort : sur ce plateau, aux vues découvertes, s'alignent, à la suite du fort de *Palaiseau*, celui de *Villeras*, de *Haut-Buc* (169 m.) et de *Saint-Cyr*, très puissante citadelle placée entre les deux chemins de fer du Mans-Brest et de Granville ; plusieurs batteries relient ou flanquent ces grands forts, notamment celle de *Bois-d'Arcy*, près de Saint-Cyr, et celles du plateau de *Satory*, tout près de Versailles et de ses bifurcations de voies ferrées.

3° **Forêt de Marly**. — Au nord de Versailles le massif de Marly est armé d'ouvrages qui prolongent le camp retranché jusqu'à la Seine : plusieurs batteries, surtout établies dans la partie orientale de la forêt et dont le centre est au *Réduit de Marly*, dominent au sud le vallon de Noisy-le-Roi-Villepreux, au nord la vallée de la Seine et la grande ligne de Rouen-le Havre.

Ici les défenses s'interrompent une troisième fois, de la forêt de Marly à la côte de Sannois : entre ces deux positions fortifiées, les grandes boucles de la Seine dessinent, en arrière de la forêt de Saint-Germain, un triple fossé, de défense facile, dominé en avant par la forteresse naturelle que constitue le massif de l'Hauthie et, en seconde ligne, par le *Mont Valérien*, dont l'ancien fort reste le seul ouvrage de ce secteur.

Le développement total de cet immense camp retranché, le plus vaste du monde, atteint 146 kilomètres ; d'est en Ouest, de Chelles à Marly, il mesure 45 kilomètres ; et, du nord au sud, 35. On estime à 150.000 hommes l'effectif de la garnison nécessaire à sa défense, et au moins à 400.000 celui d'une armée assiégeante ; et encore celle-ci ne serait pas absolument certaine de pouvoir arrêter toutes les tentatives des assiégés dont les concentrations, les mouvements et l'offensive seraient grandement facilités par la multiplicité des moyens de communication, notamment des chemins de fer.

Chemin de fer de Grande-Ceinture. — Dans un camp retranché si étendu, le chemin de fer de Ceinture, à l'intérieur de l'enceinte de 1840, ne pouvait plus suffire au transport des troupes de la défense : il fallait leur permettre de se concentrer rapidement, sans marches forcées qui pourraient prendre un jour entier, sur tel ou tel point du camp retranché, soit pour résister à une brusque attaque de l'ennemi, soit pour entreprendre elles-mêmes une opération offensive contre ses lignes. — C'est à cet effet qu'a été construit, en dedans du front de défense, le chemin de fer de Grande-Ceinture qui ne passe qu'à 6 kilomètres de l'ancienne enceinte au nord et à l'est, mais à 17 au sud et à l'ouest : cette ligne circulaire se raccorde à toutes celles qui rayonnent des gares de Paris, par des aiguilles permettant aux trains qui en arrivent de s'engager soit sur la Grande-Ceinture, soit sur une quelconque des lignes dirigées vers la province.

La Grande-Ceinture est longue de 144 kilomètres par le raccourci Sucy-Palaiseau) ; ses deux têtes de lignes sont à l'est Noisy-le-Sec, bifurcation des voies ferrées de Nancy et de Belfort ; à l'ouest Versailles-Chantiers, bifurcation de celles de Brest et de Granville.

De Noisy-le-Sec, la ligne, quittant celle de Nancy, emprunte celle de Belfort jusqu'à Champigny, puis elle longe le pied du plateau briard pour passer la Seine en aval de Villeneuve-Saint-Georges en coupant les lignes de Lyon et d'Orléans ; de là elle gagne directement Palaiseau en évitant le détour de Juvisy et remonte la vallée de la Bièvre jusqu'à Versailles-Chantiers (lignes de Brest et de Granville). Franchissant la forêt de Marly, elle passe à Poissy traverse la forêt de Saint-Germain et se raccorde à Achères avec la ligne de Mantes-Rouen-le Havre ; elle passe une seconde fois la Seine, coupe à Argenteuil l'autre ligne de Mantes (rive droite), à Épinay celles de Pontoise-Dieppe et de Beauvais, à Stains la grande ligne du Nord vers Creil, au Bourget celle de Soissons et aboutit à Noisy-le-Sec.

Cette Grande-Ceinture, qui sert habituellement au transit entre les différents réseaux, a été pourvue de gares stratégiques et de quais de débarquement, notamment à Champigny, à Versailles, à Houilles.

Un pareil ensemble de voies ferrées rendrait à un assié-geant très malaisée, sinon impraticable, la tâche d'empêcher une armée, comme les Allemands purent le faire en 1870, de sortir du camp retranché pour donner la main à une armée de secours, soit dans la direction de Rouen et Amiens par le camp retranché du Nord, soit dans celle de Meaux-Reims par la tête de pont de la Marne, soit dans celle de Melun par Villeneuve-Saint-Georges et la vallée de la Seine, soit vers Orléans ou Chartres par le sud. Mili-tairement parlant, la défense de notre capitale semble donc aussi assurée que possible ; resterait à résoudre la question, tout aussi importante, de l'approvisionnement d'une agglo-mération humaine si formidable.

TABLE DES MATIÈRES

Pages

GÉOGRAPHIE PHYSIQUE 1

Formation géologique 2

Relief 4

  I. **Région orientale.** 4
    Morvan et Dépressions voisines (Bazois, Auxois) . . 5
    Plateaux bourguignons (Plateau de Langres, Côte
      d'Or, Plateaux coralliens). 6
    Champagne humide et Argonne 8
    Champagne pouilleuse 9

 II. **Région méridionale.** — Nivernais 10
    Berri (Val et Boischaut, Champagne berrichonne,
      Sancerrois). 11
    Poitou 12
    Orléanais (Sologne, Forêt d'Orléans, Val de Loire) . 13
    Touraine 13

III. **Région centrale.** — Beauce 14
    Hurepoix 15
    Gâtinais (occidental et oriental) 15
    Brie (française et pouilleuse) 16
    Valois (Tardenois, Vexin français, Beauvaisis) . . 16
    Soissonnais (Noyonnais, Laonnais) 17
    Crête de l'Ile-de-France. 18

 IV. **Région nord-occidentale** 19
    Picardie. 20
    Pays de Bray. 21

Pages.

Haute-Normandie (Pays de Caux, Pays au sud de la
  Seine) 22
Basse-Normandie (Campagnes, Bessin). 24
Maine oriental (Campagnes, Perche, Bas-Maine) . . 25
Anjou oriental 26

Côtes 26
  Côte du Marquenterre 27
  Côte du Pays de Caux 27
  Côte de Basse-Normandie 29

Climat. — Température. 30
  Pluies 31

Cours d'eau 31
  Rivières côtières 33
  Seine ; ses affluents 34
  Son régime 40
  Loire moyenne, son régime, ses affluents 43

**GÉOGRAPHIE ÉCONOMIQUE ET HUMAINE.
NOTIONS GÉNÉRALES** 50
  Ressources agricoles, forêts, cultures, élevage . . . 50
  Ressources maritimes 51
  Ressources industrielles 52
  Voies de communication : voies navigables ; chemins
    de fer 52

Population. villes 55

ÉTUDES LOCALES : LES PRINCIPAUX PAYS 57

  I. **Région orientale.** — Morvan 58
    Auxois et Terre Plaine 59
    Plateaux bourguignons et Barrois 60
    Champagne humide 63
    Argonne 64
    Champagne pouilleuse Forêt d'Othe, Thiérache . . 65

  II. **Région méridionale** 68
    Nivernais 69
    Berri (Val, Boischaut, Brenne, Champagne berri-
      chonne, Sancerrois 70
    Poitou 72
    Orléanais (Sologne, Forêt d'Orléans, Val de Loire) . 74
    Touraine 76

Pages.

III. Région centrale 78
    Beauce 79
    Hurepoix 80
    Gâtinais (occidental et oriental) 81
    Brie 81
    Valois (Tardenois, Vexin français, Beauvaisis) . . . 83
    Soissonnais (Noyonnais, Laonnais) 84
    Paris 86

IV. Région nord-occidentale 89
    Picardie 90
    Pays de Bray 93
    Haute-Normandie (Pays de Caux, Basse-Seine, Pays
    au sud de la Seine) 94
    Basse-Normandie (Campagnes, Bessin) 99
    Normandie 101
    Maine oriental et Perche (Campagnes, Bas-Maine) . 102
    Anjou oriental 103

DESCRIPTION DES ENVIRONS DE PARIS . . 105

    I. Le Hurepoix (les Plateaux, les Vallées, plaine de
      Longjumeau et de Villejuif) 107

    II. La Brie (le Plateau, les Vallées, le prolongement
      septentrional) 113

    III. La France et ses confins (Goële, Valois, mas-
      sifs forestiers entre France et Oise) 118

    IV. Le Vexin français (vallée de l'Oise, Plateau et
      Buttes du Vexin) 124

    V. La Vallée alluviale de la Seine 127

    **VI. La Seine dans Paris et l'inondation de
      1910** (l'ancienne boucle de la Seine quaternaire,
      la croissance de Paris, les inondations) 129

    VII. Le Camp retranché de Paris (le Camp
      retranché de 1840, le Camp retranché actuel, le
      chemin de fer de Grande-Ceinture) 136

3695. — Tours, imprimerie E. ARRAULT ET Cⁱᵉ.